BOTHO STRAUSS

zu oft umsonst gelächelt

Carl Hanser Verlag

1. Auflage 2019

ISBN 978-3-446-26381-9

Umschlag: Peter-Andreas Hassiepen, München
Motiv: © Julião Sarmento, White Exit, 2010
Satz im Verlag
Druck und Bindung: GGP Media GmbH, Pößneck
Printed in Germany

FSC
www.fsc.org
MIX
Papier aus verantwortungsvollen Quellen
FSC® C014496

Manuela
zu Ehren

Alles, was es auf der Welt gibt,
alles, was wir kennen oder kennen sollten,
ist geschickt in den Stoff verwoben,
daraus Mann und Weib gemacht sind.

Ralph Waldo Emerson

Der alte hohe Mann, der Romancier mit dem dünnen rotblonden Haar hatte einen jungen Kollegen zum Abendtisch geladen und war ihm mit viel Zuvorkommenheit begegnet. Schließlich hatte er sich mehrmals bedankt, als der Gast ihn gegen Mitternacht zu Bett brachte. Doch kaum lag er zurückgelehnt auf seinem Kissen, noch in Schuhen und Anzug, traf den jungen Mann ein erster unbekleideter Blick, ein verächtlicher. Der Romancier war seiner müde. Er sagte unvermittelt, indem er ihn ebenso fixierte wie übersah: »Im Alter scheint es unmöglich, einen Irrsinnigen zu porträtieren, ihm irgendwie zu entsprechen, ihm nahezukommen. Ein Wahnsinniger langweilt sich nie. Man ist im Alter bereit zum geschlossenen Vollzug der Langeweile. Aber der Wahnsinn, Ausbund falscher Freiheit, ist nicht mehr interessant.«
Da der Alte ihm schonungsbedürftig schien, wollte sein Gast ihm nicht widersprechen und hatte es still hinzunehmen, daß er ihn ebenfalls für einen betulichen Wahnsinnigen hielt und dementsprechend den Wahnsinn an sich für etwas vollkommen Belangloses.

Neben ihm, wenn er ging, verlief aller seiner Wege entlang eine immergrüne Hecke. Schön gestutztes, künstlich gezähmtes Gesträuch, lebenslange Hecke. In unregelmäßigen Abständen traten Frauen und Männer hervor und nannten sich alte Bekannte. In Wahrheit aber waren sie ihm völlig unbekannt. Menschen, die ihm gewiß nie begegnet waren, jedoch das Gegenteil behaupteten und sich mit Erwähnung untrüglicher Details in Erinnerung brachten. Sie beschworen das Unvergeßliche einer Affäre, einer Unterhaltung oder Reise, die allesamt nach seinem Dafürhalten nie stattgefunden hatten. Und wenn sie verzweifelt um seine Erinnerung flehten, als sei sie das Tor zurück ins Leben für sie, dann gab er nur ein Achselzucken oder ein verlegenes Schmunzeln. Enttäuscht wandten sie sich ab, unglücklich schlichen sie zur Hecke zurück und verschwanden darin.

Latwerge ist Mus, alte Arznei, Leckmittel.
Werg aber ist Abfall vom Werk. Ist Hede, Ausgekämmtes, Fasern von Flachs und Hanf.
Mit Werg noch und noch stopft man die Trichter der Posaunen von Jericho, damit kein Ton mehr herauskommt, der Mauern zum Einsturz bringt. Mit Werg und Werg füllt man die Löcher, die Spalten, die Fugen und Kuhlen. Unablässig und überall verstreicht man die geringsten Vertiefungen, wo immer etwas Stopfmasse, Werg, hineinpaßt. Vielleicht kann man auch sagen: Es ist rückver-

wirrtes, der Entwirrung entzogenes Werggarn, mit dem man die Gewinde dichtet, die Schiffsplanken kalfatert. Das rückverwirrte Gekämmte! Man findet's am Schopf des raufenden Wildfangs wie auch am späten Vers des Dichters.

Er ging einen dünnen Hotelflur entlang, stieß eine angelehnte Zimmertür auf, drin fuhr Albert Fenner aus dem Schlaf, Fenner aus Fulda, der gutausgebildete Sohn des Chirurgen, später in Südamerika Anwalt. Tennis-As, jetzt fuhr er entsetzt aus dem Bett. Der Flurwandler suchte ihn zu besänftigen, ich bin's nur, ein Schulkamerad aus Fulda, der sich gerade an dich erinnert …
So ging er weiter von Zimmer zu Zimmer mit angelehnten Türen, und dort lagen sie alle in tiefster Ruhe, wie nur die Weihe, von ihm vergessen zu sein, sie gewährte. Doch sein Gang durch den Flur, schwach beleuchtet, war die Erinnerung – und er, der Erinnerer, brachte den Vergessenen den Schrecken.

Sein aufrichtigster Gegner war der harte Kämpfer T. Doch seitdem T. unheilbar krank darniederlag, wich sein getreuer Widersacher ihm aus. T. rief an, flehte um ein Gespräch, ein bißchen Streit, ein paar Schläge wie früher, sprach auf den Beantworter. Sein alter Gegner rief nicht zurück.

Dem Kranken sank das Gewicht ihrer Kämpfe, die schmerzlich, gefährlich, großartig gewesen waren, auf die dürre Brust. Sein moralischer Ringpartner war ihm auf einmal ganz nah, war ihm sein letztes Verlangen; er wollte den sehen, mit dem er so lange gerungen, der ihm die schwere Wunde geschlagen hatte. Der aber brachte es nicht über sich, den einst Ebenbürtigen zu besuchen, der von einem heimtückischen Partisan angefallen, vom Knochenfraß so gut wie besiegt worden war.

Wir hier, junger Mann, sind noch einmal ein anderes Ufer. Drüben auf besiedelter Seite stehen die protzigen Villen der Hablichen, liegen verfallen die Quartiere der Habenichtse. Sie halten sich für die getrenntesten aller Welten. Doch zwischen beiden und uns, die mit den Worten handeln, verläuft eine nochmals tiefere Trennung.
Not und Erschrecken angesichts der Zeugschwäche der Worte. Daß sie nichts mehr hervorrufen, keine Farbe, keine Stimmung, keine Verständigung; daß sie keinen Lichthof, keine Resonanz mehr haben. Daß sie nicht mehr taugen zum Vorstoß in Nie-Gesagtes, zum Umsetzen des bisher Gesetzten, daß sie nichts mehr bezeugen, daß ihre Zeugkraft versiegt ist, daß sie weder flirten noch schockieren können. Daß Worte insgesamt ein leeres, vergebliches Schattengetuschel sind.

Narzissen im Regen und ein Fenster im Treppenhaus, von dem man die Straße gesondert in zwei Versionen sah. Einmal so, wie sie gewöhnlich war, nüchtern gegenwärtig. Und einmal in einer virtuellen »historischen« Perspektive. Kolonnen von behelmten Motorradpolizisten waren in beiden, also gegenläufigen Richtungen unterwegs. Sie eskortierten eine nicht abreißende Folge von Aufmärschen, jeweils in Fahrtrichtung, so daß sie den gesamten Straßenverkehr verdrängten, zwar nur den virtuellen, aber man fand sich auch in seinem »realen« Auto im fiktiven Gedränge. In der Mitte der Fahrbahn wechselten Revolutions-Szenen, gab es eine Hinrichtung, umgeben von dichter Volksmenge, schnell geschehen, dann im raschen Wechsel Volksredner, Brände, Lagerkämpfe, Erschießungen, Führerovationen, Attentate – immer begleitet von den rollenden Kolonnen behelmter (heutiger) Polizisten. Das Fenster zum Aufruhr. Aber man konnte sich davon losmachen und ein Stockwerk höher in Fortunas Wohnung treten. Dort gab es ein Fenster zum Wirtschaftswachstum, und es ließ sich das deutsche Gedeihen verfolgen. Stets in Gegenwart jener undatierbaren Glücksfee, flüssige Schlange, die über Küchenkacheln auf eine glatte, schokoladenbraune Tür zumäanderte. Man öffnete ihr, und schon stand sie, Fortuna, hoch aufgerichtetes Reptil, mitten im Umschwung von geschäftlichen Beziehungen, Terminen und Attacken und wollte sofort, was zu tun war, selber tun.

Wenig später geht sie mit breitem Hut und im alten, auf Taille geschnittenen Rock, über den Füßen schwingender gekräuselter Saum, eine steile Pflasterstraße hinauf, neben ihr ein nackter Wasserträger. Ein Mann, der einen Waagebalken mit zwei Schalen auf den Schultern trägt: Alles, was gegeneinander abgewogen wird, das verkörpert dieser Mann und geht zuverlässig neben ihr. Was im Leben an Grauen und Herrlichkeit sich die Waage hält: das trägt für sie dieser Mann. Der Ausgleich ist er. Ohne ihn keine Balance im Wechsel von Tagen und Jahren. Beachten wir doch und spüren es leibhaftig: wie viele Zwischenträger unter den Gängern gehen! Wie viele Gestalten, die wir bisher nur als Gedanken kannten!

Mit ihr geriet jeder Liebhaber zuvörderst in ein Kreuzverhör. Es begann mit Ermittlungen zu seiner Art, sich zu kleiden; es folgten Vorschläge, wie des Neulings Garderobe, Haltung, Wortwahl zu verbessern sei. Sie übergab jedem, bevor er sich intimer nähern durfte, eine selbstverfaßte Schrift, die wider »die billig Lebenden« gerichtet war und den Titel *Die Erhebung der Wimper aus dem Morast* trug.

Winzige runde Scheinwerfer-Brillanten auf ihrer Armbanduhr beleuchteten ihr rosenfarbenes Gesicht von unten. Folglich verzog es sich, wie früher unterm Rampenlicht beim Bösewicht, deutlich ins Dämonische. Die

Anstrahluhr war nur einer ihrer unternehmerischen Einfälle, mit denen sie versuchte, eine weltweite Mode »loszutreten«.

Taucht langsam herauf aus der Unbesonnenheit, kommt wieder zum Vorschein: Umriß der unbekannten Schlafgenossin, spätmorgens am kleinen Holztisch in der Küche, sitzt seitlich zur Kante, das T-Shirt mit der rechten Hand zwischen die übergeschlagenen Beine geklemmt, nach all der Nacht und diesen nichts als üblichen, nicht mehr als dem Üblichen dienenden Anstalten, sich zu öffnen und Offenheit zu bieten, jetzt am Morgen die Geste des Verschließens, Sich-Zusammenziehens und -haltens. Der Ellbogen auf dem Holz, die Hand erhoben mit dem Kaffeebecher und das Haar so lang und lose, krumm gelegen und versträhnt vom Schütteln des Kopfs in der Freude – die Unfrisierte.

»Ich habe mir da was zugezogen«, sagt sie, und tatsächlich blickt sie sterbenselend drein.

Sie meint aber: Ich habe mich gerade unsterblich verliebt.

Das Im-Stande-Kommen-und-Gehen, das An- und Abschwellen von Reife im jungen Gesicht einer von der Liebe Überraschten. Wach und stumpf ist wechselnd der Ausdruck.

Er ist der größte Unordnungsstifter von allen, doch seine neue Begleitung steht ihm in nichts nach. Sie übernachten in der Wohnung von Freunden, und nach wenigen Minuten ist sie in ein Chaos umbrochen. Beim Suchen nach Schlüsseln, Pillen, Handys, Salben, Kreditkarten wird die gute Stube gezaust. Und die Dinge lassen sich nicht lumpen, die Dinge spielen mit. Die Couch bricht zusammen unterm wütenden Sichreinwerfen nach ergebnisloser Suche, der Warhol-Druck rutscht von der Wand, der Rahmen zerbricht, die Gläser torkeln in der Vitrine, ein Sicherheitssystem gibt Alarm, Wasser läuft über im Bad, er reißt die Tür auf und hält die Klinke in der Hand, sie knipst die Nachttischlampe an, die Birne flackert wie wild, das Tischbein knickt ein, die Heizrippe bricht, als er sich anlehnt, aus der Wand … Das Entzweigehen nimmt seinen Lauf.

Alles spielt mit beim Chaos. Das blinde Geschehen, es ist nicht aufzuhalten.

Wo hast du meine Ekzemsalbe versteckt? Ich werde das nicht verstehen. Nie … Nie!

Wir haben *einander* verloren. Das ist es.

Du verbreitest Chaos, nicht ich.

Es ist doch wie verhext. Die Dinge befinden sich nicht am rechten Fleck.

Nichts, wo Menschen am Werk sind, befindet sich am rechten Fleck. In der gesamten Weltgeschichte gibt's weltweit ein ständiges Suchen, Verlegen, Vergessen, Verwechseln und Liegenlassen.

Red dich nicht raus mit schlechter Philosophie.
(Es folgt die Pause der Entmutigten.)
Und was jetzt?
Alles Grau in Grau.
Ja. Grau in Grau in Grau in Grau in Grau …

Halt, haltloser Gedanke! riefen nun beide mit einer Stimme. Nicht weiterschweifen! Am Ende plagt uns Ernüchterung, und nichts zum Verlieben können wir je wieder aneinander entdecken.

»Jedesmal, wenn mir auf der Straße der Schnürsenkel aufgeht, laufe ich so lange unordentlich herum, bis eine von diesen Unsinnskreaturen, Männern, es bemerkt, sich bückt und die Sache in Ordnung bringt, wie es sich gehört.«
Gordana, noch in Jugoslawien geboren, lebt seit dreißig Jahren in Dänemark. Die Mutter ging früh schon zurück nach Zagreb. Sie arbeitet für Zeitungen, rezensiert Denker, neue Philosophen, täglich neue, immer schnellere Denker. Raucht hastig und überall, auch gern beim Kochen.

»Ich bin wie ein Haus, in dem seit Jahren nicht aufgeräumt wurde, sondern nur aufgetürmt und umgestellt. Und durch die toten Zeitungen in Stapeln und durch den gepreßten Müll in Stapeln sind ein paar enge nützliche Wege gebahnt.«

Ihr antikommunistischer Eifer war einmal so lebenspendend, daß sie auch jetzt, lange nach dem Tod des Kommunismus, nicht auf ihn verzichten kann. Es überkam sie aus abgelebten Zeiten, Titos Zeiten, noch dieser offenbar wohltuende Zorn auf die Verhältnisse. Gierig scheltend, böse fragend, mit keiner Antwort zufrieden, verzehrt sie sich nach Bestätigung ihrer Meinung, ihres ganzen meinenden Wesens wie nach einer Umarmung. Sie wippt bei Tisch mit der Fußspitze gegen das Hosenbein des Gasts, ohne es zu merken. Im Eifer des Gefechts gegen Personenkult und Ämterwirtschaft macht sie ihren stillen Geliebten, den Dänen, mit kurzen Seitenhieben klein, bemängelt sein geringes Kritikvermögen, indem sie ihm kurz auf den Bizeps greift und Luft auspustet wie ein leckes Ventil. Dabei ist sie alles andere als eine attraktive Frau, ist blaßhäutig und plattbrüstig, und ihre krummen Beine stecken in einer billigen buntgestreiften Hose.

»Dieser Mann ist wie Trockenmilch«, sagt sie plötzlich – und unwillkürlich fühlt sich der Gast gemeint, denn sie wendet den bösen Blick nicht von ihm. Doch würgt sie aus dem Verdeckten ihrem Mitmenschen eins rein. Der wiederum erträgt's mit verkniffenem Grinsen, weil er mitkriegt, wie sein Freund, der Gast, sich gemeint fühlt und zusammenzuckt. »Dieser Mann ist wie Trocken-

milch, man muß erst kräftig was draufschütten, damit er genießbar wird.«
Sie nimmt wohl an, daß die Schmähung des Gutmütigen dem Fremden imponiere oder zumindest ein Vergnügen bereite. Und möchte ablenken von ihrer dürren Gestalt, die sich nur durch guillotinehaftes Urteilfällen aufrecht hält.
»Du bist zu klein.« Der Gast denkt: Warum antworte ich nicht für ihn und erwidere für ihn: »Und du bist zu häßlich«? Das würde den Freund gegen ihn aufbringen, und er würde endlich Gelegenheit haben, sich als Fürsprecher seiner üblen Braut hervorzutun. Also läßt er sie lieber untereinander und spielt den Dritten, den sie brauchen. Sie lieben sich nicht, und doch gibt es da eine fatale Anziehung, ihre unterschiedlichen Charakterschwächen halten sie beieinander.
So bleiben sie gleich unzertrennlich und unvereinbar.
Eines Tages freilich wird er sagen: »Sie gehört nicht zu mir.« Und sie wird sagen: »Er gehört nicht mir.« Ja, sie werden einander verleugnen, wenn einmal der *andere*, der wirkliche Andere erscheint. Wenn jemand Unverhofftes sie durcheinanderbringt.
»Ich sah ihn immerzu vor sich hin stiefeln, ratlos.«
»Sie hat geraucht, sobald sie die Wohnung betrat; das war die Pest. Vielleicht hätte ich sie anders gesehen – hätte ich sie nicht dauernd riechen müssen.«

Der alte Romancier legte beide Hände aufs Gesicht und ließ die dunklen Augen offen.
Was bleibt mir von der Welt als nur die Episode? Von Mann und Frau, von Gott und Mensch? Die Episode. Es folgt nun eine auf die andere, narratio continua. Ein Wort gibt das andere … Der Personen Schreien, Weinen, Befehlebrüllen, ihr Beten und Schmeicheln, ohne jeden Zusammenhang, nur Stöße, Reize, Sprünge, Wirbel: immerzu auf den Spuren ausgestorbener Liebesarten.

Im äußersten Auswärtigen, das zwei Menschen voneinander erreichen können, teilten sie ein Hotelzimmer in einer fremden Stadt an der Schwarzmeerküste. Der Mann, der sich in Rage redete, stand in den hohen Falten des geschlossenen Vorhangs, dahinter das Fenster mit Meerblick. Er packte rechts und links den Stoff und knüllte ihn in den Fäusten, zog und zerrte in seiner Wut den Fleece, die Fäuste abwärtsstoßend. Die Frau saß im Morgenmantel auf der Bettkante und feilte ihre Fingernägel, den Kopf gesenkt, keine Widerworte. Beim schlimmsten Anwurf, den er brüllte und den der Vorhang dämpfte, faltete sie die nackten Beine im Schoß.

Der Fremdenführer klopfte und trat ins Zimmer, nahm seine Schirmmütze unter den Arm. Die Frau drehte sich aus ihrem festen Bettkantensitz halb zu ihm: »Es ist zehn vor zehn. In einer Stunde fahren wir erst. Ruhen Sie sich solange aus.«

Sie wies ihm den Ankleidestuhl. Er setzte die Mütze wieder auf den Kopf. Der erregte Mann trat erschöpft ans gemeinsame Bett, warf sich im Rücken seiner Frau auf die Matratze und krümmte sich wie ein vorgeburtliches Wesen. Dabei behielt er den Fremdenführer im Blick.
Er murmelte: »Du hast ihm doch nicht erzählt, daß wir –?«
Es war stets die Sollbruchstelle in ihrem Dialog, wenn ein Dritter ins Spiel kam, bei dem er fürchtete, sie könne ihm etwas sehr Vertrauliches mitgeteilt haben. Er brach ab und schwieg.
Sie war nun überzeugt, daß ihr Mann nichts wußte, nichts ahnte. Das konnte für seine Dickfelligkeit sprechen, konnte aber auch seinem Selbstschutz dienen. Dagegen sprachen allerdings seine heftigen Erregungen, in denen tief unten die Angst fiepste.
Sie indessen wurde von ihrem Nicht-Gestehen zermürbt. Ihn nicht zu verletzen, verletzte sie.
Sie fürchtete jetzt sein Weichwerden, verbunden etwa mit dem Wunsch, sich ein wenig bei ihr anlehnen zu dürfen. Um dann tiefer und schwerer anzulehnen, als ihre Seite Halt bot.
Eben noch die zerfleischende Rede gegen sich selbst, gegen einen wie die Chimäre falsch zusammengefügten Mann, Zornkopf mit Demutsherz, dessen Stunde auf der

Bühne der Ehe längst rum war, *struts and frets his hour upon the stage*, spreizt und knirscht sein Stündchen ab … *And then is heard no more*? Sicher nicht. Dagegen die große selbstlose Kraft seiner Frau, die wieder einmal den Schub seines Selbstekels rechtzeitig abgeblockt hatte. Von diesem Dienst nicht wenig erschöpft, hatte sie sich abgeschirmt gegen seine zweite Rede, die nun, unverschämt genug, ausschließlich gegen sie gerichtet war.

Wie gesagt, die Chimäre hielt ein Auge auf den Fremdenführer, dem beim Einnicken die Schirmmütze vom Kopf rutschte und weiter zu fallen drohte, von den Knien auf die Füße. Plötzlich sprang der Verstummte auf und beeilte sich, die Mütze zu fangen, bevor sie zu Boden fiel. Er nahm sie mit, legte sich wieder im Rücken seiner Frau aufs Bett, schob die Mütze über den Kopf und krümmte sich vorgeburtlich. Die festsitzende Frau war über ihrem Nagelfeilen ins Dösen geraten, der Kopf machte einen Knicks, das Kinn sank aufs Brustbein.

Man hatte sich zu viel Kurzangebundenes gesagt, man war ermüdet. Ein leichter Schlummer zu dritt brachte das viele Festgestellte und das viele Verschwiegene in ein sanftes Durcheinander. Ein freundliches Strudeln, das eine verdachtvertreibende und konfliktlösende Wirkung hatte. Eine knappe Stunde blieb ihnen bis zum Beginn der Tour.

Alles begann damit, daß sie sich eines Tages fragte: Ist er dir eigentlich zuvor- oder ist er dir entgegengekommen? Hat er dir Zuvorkommenheit oder Entgegenkommen gezeigt?

Zuvorkommenheit: er ist dir zuvorgekommen beim Öffnen des Wagenschlags. Er hat dir geholfen beim Einsteigen, bevor du ihn darum bitten mußtest. Entgegenkommen: nur einen kleinen Schritt kam er auf dich zu, indem er ein wenig von seinen plumpen geheimen Wünschen abließ. Oder, falls ich ihn provozierte, etwas mehr davon hinzugab, je nachdem. Und das täglich. Vor der Fahrt in die Firma. Ich in immer neuer entwaffnender Aufmachung.

So daß er jedesmal, wenn ich mich niederließ oder erhob, »Ihre Hinterbacken« nicht nur für sich flüsterte, sondern wohl auch zu hoffen wagte, irgendwann in deren Reichweite zu gelangen. Und so blieb es wechselhaft, Entgegenkommen oder Zuvorkommenheit, hin oder her, Tag für Tag.

Eines Tages aber spürte sie, daß er nicht mehr daran dachte. Anders als die ersten hundert Male, da er ihr zum Sitzen verhalf und, einige Zeit später, aus dem Sitzen heraus. Unter seiner Zuvorkommenheit oder während seines Entgegenkommens bohrten ihm ihre anhänglichen Augen, ihr stummes Danke, ihre ahnenlassende Erscheinung, ob Hosenanzug oder Yogahose, diesen Stachel »Ihre Hinterbacken« ins Hirn.

Dann aber, vielleicht erst nach dem tausendsten Mal, da

er ihr entgegenkommend zum Sitzen, aus dem Sitzen heraus verholfen hatte, bekam sie, wie durch den Läuterungs-Blitz, der eine schlechte Gewohnheit durchkreuzt, plötzlich zu wissen, daß dieser Stachel, der ja bloß aus einem schlüpfrigen Wortbild bestand, gebrochen war. Sie sah das geschrumpfte Begehren in seinem Blick. Und meine Hinterbacken? Fragten ihre Augen fast ängstlich, verwirrt, entgeistert, beinahe fassungslos, wie im Rückblick auf etwas Intimes, das auf fremden Polstern liegenblieb.

Ja, hätte er wohl antworten mögen, irgendwann ist die Stunde der Versuchung abgelaufen, dann ist alles vorüber. Ich bin nun jemand, der nicht mehr daran denkt.

Sie schickte ihre beiden Mitarbeiter zurück in die Firma, stellte sich, die üblichen Anstalten machend, neben den Bentley und wartete darauf, daß der Chauffeur, ihr zuvorkommend, den Wagenschlag öffnete. Was auch geschah, wie eh und je.

Die einzige Freundin der Überlegenen ist sie, will's aber nicht wahrhaben, daß sie, die ewig Unterlegene, längst ein Lebensbestandteil der ewig Überlegenen wurde. Sie weiß es nur unbewußt, indem sie sich von Mal zu Mal migränehafter aufführt, wenn ihr dies und das nicht paßt, nur um ein bißchen was von sich herzumachen, wenn sie mitten im Gespräch aufsteht und, um sich nicht vollkommen unterdrückt zu fühlen, etwas Eigensinniges tut und den Kopf unters fließende Wasser hält und unterm Wasserhahn noch sagt: »Weshalb bekomme ich immer nur bei dir diese furchtbaren Anfälle? Und du? Du sitzt fett in deinem Sessel und lehnst dich zurück.«

Da nun begießt sie die Überlegene zusätzlich mit einem Redeschwall: »Ich lehne? Sieht lehnen so aus? Ich sitze auf der äußersten Kante meines Sessels. Jederzeit bereit, aus allen Wolken zu fallen, wenn ich dir zuhöre. Du bist eine Frau von dreiundfünfzig. Worauf willst du hinaus? Die Jungen, die kommen und die vom Labern nichts wissen wollen, nimm nur Laura, die werden sich niemals so aneinander vergreifen wie du dich an mir. Und meinetwegen auch ich mich an dir. Wo die Menschen sich nicht wirklich brauchen, vergreifen sie sich aneinander!«

Während sie sich, von der Spüle zurück, mit Geschirrtüchern die Haare rubbelt, sagt die ewig Unterlegene: »Laura? Ausgerechnet. Wo Laura auftaucht, ist Gefahr im Verzug. Ihre Unheilschwingen breitet sie zuerst wie Fittiche über dir aus, du glaubst, sie will dich schützen und behüten. Sie wittert, wie kein normales Wesen es vermag, wenn bei einem Menschen Schwäche, Ohnmacht, Zusammenbruch und Ausweglosigkeit sich von ferne anbahnen. Sie wittert es zu einem Zeitpunkt, da es der Betroffene, der bald schon Betroffene, nicht einmal ahnt. Wenn sie ihre Hilfe anbietet, und das tut sie, solange noch alles in bester Ordnung zu sein scheint, steht der

Einbruch von etwas Rettungslosem kurz bevor. Hörst du nicht das schlappende Schweben, als hingen nasse Segel im Wind? Das ist ihre Ankunft, Asmodis' Tochter senkt ihren Flug …«

»Du verkehrst eine hilfsbereite Frau in einen Dämon. Das Böse steckt ausschließlich in deinem verkehrten Blick auf eine gute Freundin!«

»Wir sind ständig von kleineren oder größeren schwarzen Gesandten in nächster Nähe umgeben. Was glaubst du, woher kommt denn die Meute dieser Unglücksbringer, die unser Leben zernagen?«

»Nicht von guten Freundinnen!«

»Wie denn: gute? Die Guten, die hellen, reinen und hilfreichen Geister, die wirken unauffällig. Die drängen sich – das gehört zu ihrem Gutsein – niemals auf. Niemals sitzen sie mit dir am Kamin, unter dem Vorwand, dir einen Preisknüller von Immobilie zu verschaffen, die dich todsicher in voller Fahrt in den Ruin sausen läßt.«

»Wie verhielt es sich wirklich? Es war eine Verkettung unglücklicher Umstände. Du warst ja nicht in der Lage, dich kritisch mit ihren Offerten auseinanderzusetzen. Aber Laura war ja auch gar nicht dein eigentlicher Geschäftspartner. Sie wird dir jetzt aus der Klemme helfen, bestimmt …«

»Meine Rede. *The helping devil*, immer dieselbe, Laura. Hörst du? Gerade ist sie gelandet …«

Du warst doch dabei, damals, lang ist's her, sag selbst, es hätte alles auch ganz anders kommen können. Die vielen Freunde, wo sind sie? Unmengen von Freunden, über die wir verfügten, und manche Männer waren gute Männer, über die wir verfügten, und sonst nichts. Es wird mir doch niemand zumuten, daß ich für meine goldenen Jahre keinen einzigen ... Wer möchte mit reicher reifer Dame den Winter am Meer verbringen? Soll ich eine Annonce aufgeben? Ich bin ja nicht wirklich reich ...
Kein Mensch weiß, wie lange dieser Zustand, Leben eigentlich dauert. Du kannst mir nicht antworten: Denk an dein Alter! Es gibt so eine Art Alter, wie du mir's vorwerfen könntest, heute gar nicht mehr. War einmal. So ein Alter, wie du's manchmal im Munde führst, ist heute was ganz anderes. Und das hat gar nichts mit mir zu tun, ich persönlich habe einfach das Pech gehabt, daß kein einziger, keiner aus der Unmenge, der ganzen großen Schar, von der ich doch immerhin sagen würde, es war meine glücklichste Zeit, mit denen, da war alles dabei, was das Herz begehrt, und ich hab mir nie eingebildet, daß das ewig so weitergeht, aber nicht einer, kein einziger, damit war nicht zu rechnen.

Jedes ihrer Konzerte, jede Opernpremiere besuchte ihr Verflossener und erster Maestro im Dirigentenfrack, saß in seinem Pult-Gewand inmitten schlechtgekleideter Zuschauer, und wenn ihn jemand fragte: »Sind Sie etwa der Ersatzdirigent des Abends?«, bekam er eine ihn überrumpelnde Antwort: »Quatschen Sie mich nicht von der Seite an, sonst polier ich Ihnen die Fresse.«

In der Pause lief er im Innenhof des Opernhauses unruhig auf und ab, gab erinnerte und bevorstehende Einsätze, schüttelte den Kopf, stemmte die Fäuste in die Hüften – alles in der Vorstellung, von einem bestimmten Garderobenfenster aus gesehen zu werden.

Unbeschreiblicher Jubel, Ochsengebrüll, wenn sie am Schluß vor den Vorhang trat.

Später am Bar-Tresen im Kantinen-Restaurant begrüßte er den jungen Kollegen, den Dirigenten des Abends, mit dem sie seit einigen Jahren zusammen war, der strahlende Sopran und der neue Stabmagier. Ihr Verflossener hatte ihr einst mit der *Lucia* in Salzburg zu erstem Ruhm verholfen, jedenfalls nahm er für sich in Anspruch, sie »geformt« zu haben. Sie waren ein Paar geworden. Das war jetzt lange her. Seit geraumer Zeit war der Entdecker allerdings ohne festes Engagement, sprang da und dort ein, oft in zweiten Häusern, wenn auch international. Lyon, Melbourne, Athen. Wenn sie auftrat und er die Vorstellung besuchen konnte, trug er immer das alte Gewand, in dem er gesteckt hatte, als er ihren Aufstieg begleitet hatte.

Sie schritt in den Raum, alle im Restaurant standen auf und brachten ihr eine höfliche Ovation. Sie ging zur Bar, bemerkte neben ihrem gegenwärtigen ihren verflossenen Maestro und begrüßte ihn. Dabei stand sie Rücken an Rücken mit ihrem jetzigen und war verführt, sich ihm anzuschmiegen, leicht ihre Rückseite an seiner zu reiben, während sie ein paar freundliche Worte mit dem Verflossenen wechselte. Der sagte leise, noch immer ergriffen, daß sie, Arabella, sich heute abend selbst übertroffen habe. Es war eine Partie, die sie einige Male gemeinsam erarbeitet hatten. Sie dankte und wendete sich dem Tisch der Kollegen zu.

Der Dirigent des Abends, inzwischen in Polohemd und Jeans, drehte sich auf einmal um und eröffnete seinem Vorgänger, daß ihrer beider »Favoritin« heute für sein Gefühl den Zenit ihrer Karriere überschritten habe.

»Ich habe es genau gehört: erste Anzeichen von Überreife, ich möchte fast sagen: Fäulnis in ihrer Stimme.«

Der Verflossene, unter dem seinerzeit ihr noch unausgeprägter Sopran an Volumen und Tragweite bedeutend zugenommen hatte, widersprach: Sie sei vielmehr auf dem Höhepunkt angelangt und werde dort noch eine ganze Weile bleiben. Oder ihn, nach geringfügigen Einbußen, immer wieder zurückgewinnen, Höhepunkt an Höhepunkt reihen.

Der andere legte die Stirn in Falten: »Im Graben habe ich es zum ersten Mal gehört, mitten im Aufschwung höchster Bravour – hast du es denn nicht gehört? Ein winziges Nachlassen, ein Hauch von Sinken, und daran war kein Zufall schuld, keine Frage der Disposition, keine Abendkrise. Es war der allererste Ton einer langen Phase des Niedergangs. Das berühmte *beginning to fade.* Unaufhaltsames Nachlassen.«

»Oh nein!«, so der Verflossene. »Es ist Reife, Souveränität, Schwebe, die sich alles leisten kann, selbst den Anschein eines beginnenden Sinkens – alles erhöht ihre Ausdruckskraft!«

»Vielleicht solltest du mal wieder mit ihr arbeiten.«

»Ha! Das wäre gewiß ihr seligster Wunsch, nicht wahr?«

»Ich fürchte, ich verfüge nicht über die dirigentischen Mittel, ihrem Niedergang, den mein Gehör in seiner ganzen schrecklichen Abfolge bis zum bitteren Ende bereits vernimmt, entgegenzuwirken.«

»Du mußt jetzt lernen, ihre Höhe, ihre Größe, ihre Ungezwungenheit zu begreifen – ihre Reife!«

»Überreife!«

»Nein, Reife! Jeder ihrer Töne spielt mit subtilsten Schwingungen, verbleibt in der feinsten Schwebe, die mußt du stützen, mußt sie aushalten, ausbalancieren mit dem Orchester. Weg mit der fixen Idee von der fallenden Linie!«

»Du solltest mal wieder mit ihr arbeiten.«

»Warum sagst du das? Du weißt sehr gut, daß mich niemand mehr mit ihr musizieren läßt. Geschweige denn, daß sie es wünschte.«

»Gut. Gegenwärtig ist es noch schwierig. Aber warte ein,

zwei Jahre. Ich bin sicher, es kommt der Zeitpunkt in ihrer Karriere, da findet sie dich wieder. Dann bekommt ihr noch einmal eure Chance. Nicht unbedingt in Covent Garden, aber wer weiß.«
Nach diesen Worten richtete er sich vom Tresen auf und ging zum Tisch der Kollegen, an dem auch seine Geliebte saß. Sie erhob sich, ohne daß er sie dazu aufgefordert hätte, und suchte in der Garderobe nach ihrem Umhang. Als sie nach einer Weile wieder auftauchte, schritt sie geradewegs wie in einer tieferen Zerstreutheit zur Bar, stellte sich neben ihren Verflossenen und lehnte sich für Sekunden mit dem Rücken bei ihm an, dem Dirigenten im Frack. Als die Täuschung von ihr wich, gab sie ein leises erschrockenes »Ach, du bist es!« von sich und kehrte an ihren Tisch zurück.

Es war aber ein sehr großes Wesen in schwarzer Hose und mit einem spitzen Bauch, in weißem Hemd bei offener Weste, und auf die Knie fiel ein Lichtkegel, als trüge es auf der Stirn eine Grubenlampe. Er sah nur den massigen Körper, der sich am Ende des Flurs an die Wand drückte. Das Wesen war ihm physisch viel näher, als der räumliche Abstand zwischen ihnen es eigentlich zuließ. Der alte Romancier fürchtete sich vor der gnadenlosen Wachheit, die ihm die ganze Realität des Verfolgers enthüllen würde: jemanden, der ihn verfolgte mit Schriften in der Hand, die von ihm stammten, und mit lautem Atmen. Über dem Spiegel, auf der Tischplatte stand in wachskrustigen Buchstaben, was er an Verwerflichem in seinen Büchern geschrieben hatte. Und an der Wand klebte ein abscheuliches Zitat, das ihm tatsächlich verfolgungswürdig schien. Gleich einem höllischen Drohen hatte dieser vierschrötige Racheengel seiner Schriften überall solch unglückliche Zitate niedergebracht, auf der Kleidung in seiner Garderobe, auf den Flurwänden, aber auch körperlich auf dem Romancier selbst, hatte ihm in winzigen Lettern, nachdem ihn zuvor der fremde Odem betäubt hatte, Verfluchtes an Kinn und Wange gepierct.

Nun sah er, daß dem Wesen auf seinem gewaltigen Männerrumpf eine Frauenbüste saß und darüber ein kleiner Kopf mit fettigem halblangem Haar und mit einem gesichtslosen Gesicht, das leuchtete, so kalt wie Opal.

Er saß an seinem Tisch und rang die Hände. Er sagte sich: Es könnte ein Wesen aus dem ehemals sowjetischen Lettland sein, von deutscher Herkunft vielleicht, dessen altmodisches sittliches Gefühl durch seine Schriften verletzt worden war und das es sich in den Kopf gesetzt hatte, ihn zu verfolgen und es ihm heimzuzahlen. Er sah aus dem Fenster auf einen kleinen, von altdeutschen Häusern gesäumten Marktplatz: »Ich bin längst fertig mit Schreiben und Schrift«, sprach er für sich. »Aber es holt mich ein, was ich einst an Unbesonnenem geschrieben habe. Allgemein sind meine Sachen längst in Stille vergessen, aber ein einzelnes Wesen treiben sie noch um – und mich macht es zum Unhold.«

Jenes Drohen aus dem Flur, das ihm trotz räumlicher Entfernung unentwegt odemnah war, die Nähe der Auslöschung anzeigend, ein Drohen, das, von ihm unbemerkt, vielleicht zeitlebens um ihn gewesen war, hatte in seinem letzten Stadium die abstoßende Gestalt eines zwei Meter hohen Weibkerls angenommen, die Koloß gewordene Botschaft: »Von dir bleibt nichts übrig. Dafür werde ich schon sorgen.« Und es erschien auf seinem Handrücken und Unterarm in einer Schrift aus winzigen Milchzähnen ein Zitat aus seinem frühen Machwerk *Das Schneelicht,* von dem er selbst wiederholt gewünscht hatte, es wäre ungeschrieben geblieben. Dort hieß es: »Virofanten, wabblige Kolosse mit Pausbacken, so der Name für die mißwüchsigen Kinder, die das verlebte Geschlecht zum Schluß noch hervorbrachte, feiste Männer-Kinder, die mit sieben oder acht Jahren fast zwei Meter Größe erreichten, dicke Ballonköpfe hatten mit gelichtetem Schopf und mit nur einem einzigen Gesichtsausdruck: dem schmierigen Grinsen eines obszönen Conférenciers.«

Ja, man schrieb es hin. Und es blieb stehen. Man trug es über die Jahre. Immer mit demselben Kopf voll Reue.

»Sieh her! Das Diptychon *Satan wird in die tiefste Grube des Scheols gestürzt* ist auf der einen Tafel ein Gemälde mit unüberblickbaren Mengen winziger Menschenköpfe in Form einer meterhoch aufragenden Woge, kurz vorm Überschlag. Auf der anderen, gleichsam als ein vergrößerter Detailausschnitt, eine Studie über einen Mann und eine Frau. Sie steht mit gesenktem Kopf, sieht betört in die Tiefe, er neben ihr, etwas befremdet von der Seite sie anblickend. Dabei sind sie fein verbunden miteinander durch ihren nach ihm ausgestreckten Arm, so daß die Fingerspitzen ihn vorerst leicht berühren, um zur Not im nächsten Moment Halt zu fassen bei ihm, während sie tief nach unten blickt und an ihrem schiefen Körper bereits die starke Anziehung des Schlunds zu erkennen ist. Als sie jedoch plötzlich der Schwindel ergreift und sie am steilen Rand der Grube wankt, hält ihr Mann sie nicht, sondern weicht drei Schritte von ihr. Da hört sie, ob von ihm oder aus der Tiefe, das kann sie, fast stürzend schon, nicht mehr unterscheiden, die Worte des Hesekiel: ›Und ich stieß dich hinab in die Erde. Denn hochmütig bist du geworden, weil du so schön bist. Alle, die dich kennen, sind entsetzt über dich. Zum Schrecken bist du geworden, du bist für immer dahin.‹«
Und wie sie nun vor dem Diptychon standen, Mann und Frau, am Sonntag im Museum, war sie es, die drei Schritte von seiner Seite wich und ihn mit kaltem Befremden ansah: »Was erzählst du mir? Davon ist nichts zu sehen

auf dem Gemälde. Weshalb erfindest du eine so abscheuliche, bösartige Bildlegende?«

»Seit jeher hat mich des Engels Höllensturz beschäftigt. Auch ein Höllensturz ist für mich: das Grauen, das eine Frau irgendwann ergreift vor ihrem Mann …«

Unvermeidlich gibt es Anfeindung, Zurückweisung, tiefe Verletzung. Eine Zeitlang hat er eine Schülerin und lebt mit ihr. Sie wird an der Staatlichen Kunstschule angenommen, dort lernt sie ihren Meister verachten. Vielleicht stimmt sie sogar in die Proteste ein, als eine Referentin es wagt, diesen Künstler Veskor in den Rang großer zeitgenössischer Malerei zu erheben. Reaktionärer Kitsch! schallt es im Chor aus dem Saal, und vielleicht schreit auch seine kleine Geliebte mit, in einem Augenblick kollektiver Wut. Einige Male kehrt sie zu ihm zurück. Erzählt ihm von der feindlichen Stimmung in der Akademie. Erzählt ihm von ihrem Konflikt. In Wahrheit hat sie sich längst entschieden. Auch ist sie inzwischen in einen Kommilitonen verliebt, den sie häufig trifft und der ihr voll Eifer erklärt, daß der amerikanische Ruhm des Stümpers Veskor eine Schande für die fortschrittliche Kunst der ganzen Welt sei. Denn sein Credo laute: Ich bin dabei, alles Neue mit feurigem Alten zu zertrümmern. Wer so etwas sage, meint ihr Freund, sei auf ästhetischem Gebiet ein Salafist!

Veskors Vater war eine führende Figur des holländischen Widerstands, ein Mensch, der dem Jungen stets widerwärtig war. Ein eitler, kalter Mann, glänzender Anwalt, der sich für seine Sache, für die Sache der Verfolgten und Bedrohten, selbst in Lebensgefahr begab. Seine Frau betrog ihn, kurz nachdem er das Kind und sie nach England in Sicherheit gebracht hatte. Sie betrog ihn in der schwierigsten Zeit des Widerstands und seiner aufopferungsvollen Tätigkeit. Aber für den Sohn blieb es dabei, daß der Vater in allem Häuslichen und Familiären ein Widerling war, der tapfere Widerstandskämpfer und Antifaschist.
Der Sohn aber wurde ein technisch zwar herkömmlicher, aber in seiner erzählerischen Phantastik außergewöhnlicher Maler. Später, wohl unter dem zunehmenden Einfluß der Erinnerungen an die Mutter, die er liebte und deren Untreue er immer hochhielt, gelang ihm der Entwurf einer gestaltenreichen, frei erfundenen Mythologie, gewissermaßen im Kontrast zu des Vaters Zucht und Kühle, einer dunklen, gewalttätigen Alptraumgesellschaft.

Niemand im Publikum sah, wie hinterm geschlossenen Vorhang sich jemand ungeschickt bewegte, ein wenig vortretend den Stoff buchtete und beulte, einer, der gern endlich aufgetreten wäre, der in der breiten Falte des Vorhangs nur auf die Gelegenheit wartete,

endlich auf offener Bühne zu stehen. Und nicht länger dieser säuerlich Aufgehaltene, Sich-Zierende, Verborgene zu sein, dessen Lippen immerzu bebten von Text, während die Hände lose auf und ab fuhren an der Gummilippe, dem Kantenschutz des Vorhangs.
Wie soll das werden? Der geschlossene Vorhang. Der ihn trennt von den Stimmen der Zeit, den Stimmen des unruhigen Publikums. Und in seinem Rücken die Bühne, nur allzu bereit, sich mit altmodischer Handlung zu füllen, mit vergangenem Leben, mit all den verabredeten Worten und Gängen, die dem Nicht-Auftretenden zu entfallen drohen in jenen endlosen Momenten des Lampenfiebers, kurz bevor der Vorhang sich teilt, bevor er aufgeht …
Dastehen auf offener Bühne und am ganzen Leib erfahren, wie die Stimme abnimmt, sich zurückzieht aus dem Mund, aus der Kehle, dem Brustraum, wie sie allmählich sinkt, verrinnt und versiegt – bei laufendem Mund! … Lampenfieber.

Er wußte damals nicht, daß sie um ihren 40. Geburtstag herum eine heftige Affäre mit einem Radiomann hatte. Vater und Sohn waren bemüht, ihr einen festlichen, abwechslungsreichen Geburtstag zu bereiten, doch sie wurde von einer starken Erkältung geplagt, die sie sich vielleicht bei ihrem Liebhaber eingefangen hatte vor dem Abflug nach Málaga. Sie verbrachten den Nachmittag in den Gärten der Alhambra, wohnten in Granada im Palace-Hotel, doch am Abend mußte sie das Bett hüten, während der kleine Sohn, der alles zu ihrem Schönsten gerichtet hatte, allein mit dem Vater auf der Terrasse des Zimmers stand – man hatte sehr früh das großzügigste des Hotels für den Festtag reservieren lassen –, und sie beobachteten ein prachtvolles Feuerwerk am Himmel. Es war nun zwar nicht vom Vater in Auftrag gegeben, das hätte seine Mittel sicher überstiegen, aber es hätte als zusätzlicher Festakt der krönende Abschluß ihres Geburtstags sein können. In ihrem fiebrigen Kopf war indes zu dieser Stunde nichts als der ferne Geliebte. Ihre beiden Begleiter waren traurig über ihren elenden Gesundheitszustand und wollten ihr ganzes Glück sein.

Die legendäre Sängerin biegt im Verlauf eines langen, sie ermüdenden Interviews plötzlich ab, schert vor laufender Kamera aus und spricht von »diesem jungen Mann damals, irgendwo in der Hohen Tatra war ich zur Kur, und ich lernte ihn kennen beim Abendessen, wir freundeten uns an … Ich weiß noch, wie er hieß, Bertholt Bentheim, er kam aus Ruhpolding … Könnten Sie nicht herausfinden, was aus ihm geworden ist? Bitte! Sie sind doch Journalist. Er ist der einzige

Mensch in meinem Leben, den ich wirklich geliebt habe.«

Wie auf einmal mitten im Interview, zwischen den so oft wiederholten Statements, dieser Singular, dieses Absolutum aus dem halben Vergessen hervortritt! So singulär war ihre Liebe, wie es auch ihr Gesang immer gewesen ist.

Oder wie in *La Notte* die Moreau den Mastroianni ansieht, immer wieder, nach dem Mann suchend, den sie liebte, nun ein Neu-Fremder, der seinerseits nicht zurücksieht, der sie nicht sieht. Mehr als Andeutung von Liebe ist Liebe wohl nie. Auch verlorene Liebe nicht, es genügt ein Seitenblick. Und bei Monica Vitti ein kleines Abspreizen des rechten Beins, wenn sie mit dem Fuß die Stehlampe löscht, den Schalter drückt. Welch ein beherrschtes, ausgespartes Gemälde! Wie schön, daß es auf uns gekommen und daß es geblieben ist.

Ich rechnete immer mit der Freude des Lesers am Wasserzeichen, so der alte Romancier. Das Kennzeichen, das aus dem Fluß der Zeilen hervorscheint, schwach nur, dicht unter der Schrift, unbestimmt und verlockend wie das Geschlecht der Melusine. Das Wasserzeichen, das man immer nur erahnt, niemals ganz vorn erblickt. Unberührt bleibt es von jeder Schrift, die darüber hinwegzieht. Ich komme dir nicht näher,

wenn ich dich berühre. Und wenn ich dich sehe, so deute ich dich.
Zwar enthält eine gewöhnliche Buchseite kein Wasserzeichen im strengen Sinn. Doch wenn man sie gegen das Licht seines Verstands hält, wird man immer einen Schatten, eine geheime Figur entdecken, die dem Ganzen zugrunde liegt.
Auch Filme, zumindest die kunsterfahrenen, tragen ein hervorscheinendes Wasserzeichen in ihrem Bilderfluß. Siehe Antonioni.

Vor kurzem noch der Mann im März, der seine vier Winterreifen durchs Treppenhaus schob, hinaufrollte bis in den fünften Stock, erfolgreicher als Sisyphos jedenfalls, aber doch ähnlich sich abrackernd und arm, verflucht, in seinem Wohnzimmer Winterreifen zu stapeln, den ganzen Sommer über, weil er nicht das Geld hat, sie in einer Garage lagern zu lassen. Doch ist er im Juni nicht viel besser dran.
Da ging er nun einher hinter dem Paar. Seiner alten Freundin neuer Geliebter ließ ihn dabei sein, mehr aber auch nicht. Alle übrigen Ansprüche an seine Herzliebste hat er an ihn abtreten müssen. Allein, als ein Dritter, immer zwei Schritte hintan, alles zu bemerken gefesselt und gequält und von der rohen Eintracht ihrer Schritte niedergetrampelt … Als wüßte er nicht, wie verschieden sie sind! Und uneins, sobald sie nicht zusammen gehen.

Ach, er bekam den Kopf nicht frei, wenn er hinter ihnen ging und ihre Absätze auf dem Pflaster klackerten und das Klackern im leeren Gewölb seines Schädels widerhallte.
Mein Schatz! rief sie und wendete zur Hälfte den Kopf zurück: Möchtest du nicht mit uns im Kahn über den See fahren? Ach, da stiegen sie nun zu dritt in das Boot, und die beiden zogen nebeneinander jeder einen Riemen durch das Wasser. Er aber auf dem Hintersitz hielt in klammen Händen das Steuerseil und gab die Kommandos zum Gleichschlag.
Ja – er ließ es sich … er ließ es sich recht sein.

Minus hieß das uneheliche Kind der jungen Kosmetikerin, den Namen erzwang ihr Mann, von dem das Kind nicht stammte. Sie suchte sich ihre Bekanntschaften danach aus, ob diese oder jene vielleicht sonntags mit Minus einmal spazierengingen. Würdest du das Kind mit dieser oder jenem längere Zeit allein lassen? fragte sie sich und musterte anhand dieser Frage so gut wie alle Menschen, die ihr begegneten, schließlich auch solche, denen sie bloß im Vorbeigehen ins Gesicht sah. Auch die gerade gemachte Bekanntschaft im Bus, die neue Bekannte, fragte sie nach einer Weile … ob vielleicht mal die Gelegenheit bestünde, z. B. gleich kommenden Sonntag …?

Sie selber nicht, fiel ihr die neue Bekannte ins Wort, aber ihre Freundin Hertha bestimmt, ihre beste Freundin, hundertprozentig zuverlässig.
»Da ist zwar auch noch mein Mann –«, räumte die Mutter des Minus ein.
»Ach? Den gibt's auch noch?«
»Ja. Er sitzt zwei Reihen weiter vorn.«
Und der Mann drehte sich um und sagte säuerlich: »Ja, den gibt's. Den gibt's jedenfalls *noch*!« Und dann fügte er hinzu, wie er es bei jeder Gelegenheit zu tun pflegte: »Ich verfüge über ein Sonderkonto von achttausend Euro. Das wird wohl reichen für die Scheidung.«
Mit diesem einen Satz begann und beendete er jede Unterhaltung mit Evelyn, seiner jungen Frau. Mit diesem einen Satz wehrte er ihre Bitten und Ansprüche wie auch ihre Liebes- und Wutanfälle ab.
Aber diesmal griffen die beiden Frauen seine Parole auf und wendeten sie kurzerhand ins Frivole. Sie scherzten darüber, daß ein Mann wohl seine *stillen Reserven* besitze, eine Frau aber das *volle Risiko* trage! Und ob er's nicht besser anlegen könne, sein *Scheidengeld*? Es gelang ihnen, in jedem Satz – und sie überboten einander mit solchen Sätzen – irgendein unscheinbares Wort zu einem zweideutigen werden zu lassen, indem sie es in einem anzüglichen Ton hervorhoben. Und die Leute im Bus fingen an, sich an diesem Spiel zu beteiligen. Sie ließen sich über den dürren Geizhals aus; ein Wort gab das andere den ganzen Bus entlang, und jedes wurde noch schlüpfriger

als das vorige. Von der Glühbirne bis zum Unding blieb nichts, was es war – und sie erreichten gemeinsam ein nie gekanntes Maß an Zweideutigkeit. Einfach alles wurde zweideutig.

Die Treffpunkte, wo Männer und Frauen, solche mit schallenden Namen, sich drängen in ihr Dazugehören, und keiner, auch unter den etwas Klügeren nicht, kann diesem Nest der Gewinner und Erwählten, dem Untersichsein angesehener Gesichter widerstehen. Man darf sich dort gehen lassen, über jedermann herziehen, man erholt sich von seinem Publikum, dessen Gekrönter man ist und von dem man sich gleichwohl an solchen Treffpunkten abschirmt. Lauter Vorbilder unter sich, sind sie es füreinander durchaus nicht. Sie wittern und erkennen jeder am anderen, daß er aus gar nichts besteht als aus lauter Rücksicht auf sein Publikum – auf jene Macht, die ihm den Anschein von Macht verleiht.
Manche indessen, des Untersichseins müde, ließen sich auf anspruchsvollere Weise durch das veranstaltete Leben befördern …
Sie fuhren zum Beispiel auf einem frisch getauften Schiff und feierten den Stapellauf. Sie zogen nachts durchs dunkle Hafenbecken oder kreuzten nahe der Küste. Im Bauch des Schiffs legten sie sich auf Sichtglasflächen, groß und breit wie Kinoleinwände, und sahen tief im

Ozean Szenen des schöneren Daseins zu. Leichtlebende an festlichen Tafeln, aufleuchtende Frauen in weißen Gewändern, die bewegten sich versonnen in einer Wandelhalle und nippten am Heilwasser, das in Alabasterschalen sprudelte. Auf einmal erhob sich ein riesiger Glasquader aus den Fluten, angestrahlt wie eine Baustelle oder ein Filmset bei Nacht. Menschen und Tiere waren darin wie in einer submarinen Arche Noah. Das Schiff zog weiter durch die Nacht. Und die Nacht öffnete sich unter seinem pflügenden Kiel. Leere Schauplätze, die sich nach Mensch und Handlung sehnten, traten lichtvoll hervor.

Judith von Betulia und den assyrischen Feldherrn Holofernes, um sie tiefer zu verstehen, müßte entgegen der biblischen Geschichte eine so große Anziehungskraft aneinanderbinden, daß alles Staatspolitische vor ihrer Leidenschaft verblaßt und nebensächlich wird. Holofernes wird in seiner demütigen Liebe und Ergebenheit gleichsam »gereinigt« – ein Unmensch, geläutert in der nächtlichen Umarmung. Bei Judith bleibt zunächst ungewiß, ob sie noch Hinterlist besitzt oder ob auch sie überwältigt ist – und nicht etwa vergewaltigt. Der Staatsauftrag kommt ihr erst gegen Morgen nach der Orgie, in der Ernüchterung, wieder in den Sinn. Auch jetzt bleibt ungewiß, ob es nicht ein letzter Vollzug aus Liebeswahn ist, ihn zu köpfen, ein Lustmord. Alles wird nachträglich politisiert, zum rechten Zweck verfälscht. Holofernes aber wurde in der Liebe verunschuldigt.

Des Antonius wirre Ausschläge – verletzt durch Liebe. Jede Handlung wird abrupt und nicht mehr einsehbar. Verrat und Rückkehr, Eifersucht und Unterwerfung. Die gewaltsamen Kehren eines sich zu Tode Hetzenden. Die hohe Reizbarkeit des Trunksüchtigen, unkontrolliertes Herumreißen des Ruders. Es sind extreme Ausschläge, alle auf der gleichen Skala der Leidenschaft oder der Exaltation: Noch das Liebesende ausrufen heißt neues Feuer fangen. Der Kreis des Taumels liegt um »Ägypten« – was mag es bedeuten, eine Frau zu nennen nach ihrem Machtbereich! Den Namen nicht, nur das Gebiet, das sie beherrscht, das unterwerfbar ist als Territorium und zu erobern wie sie selbst, die dunkle Fremde. Vielleicht, wenn er die letzte Schlacht nicht so seltsam verloren hätte – mit Entmutigung die Seinen am Vorabend erweichend, dann die überraschenden Scheinsiege, zuerst die unbegründete Euphorie, dann die Niederlage. Die Wenden des Gemütskranken mehr als die des Geschicks, des exzessiven Trinkers mehr als die des planlosen Feldherrn. Jedenfalls: ein nüchterner Antonius hätte sein »Ägypten« nicht geliebt in dieser Art. Er wollte nicht siegen in seiner Liebestodsucherei, seiner Selbstverstümmelungssucht. Doch hätte

der Zufall ihm den Sieg gebracht, dann Cleopatra in furchtbar anderer Sicht.
Jede dramatische Unausweichlichkeit trägt in sich und gibt zu spüren die Nähe des besseren Ausgangs. Das bittere Ende lebt stets von der Virtualität seiner Abwendbarkeit. Hingerissensein: nur noch unstete, zusammenhanglose Handlungen eingehen. Der tödlich, lebensgefährlich Verliebte zettelt überall Abwehrkämpfe an, auch gegen den eigenen Affekt – er verherrlicht das Normalsein mit hektischer Andacht. Dienst, Arbeit, Familie. Und verwirrt mit jeder Entschlossenheit seine Schritte mehr, macht mit jedem entschlossenen Schritt seinen Weg unwegsamer. Dann tritt er wieder dieser Macht entgegen, versucht sie von Angesicht zu Angesicht zu schmähen wie ein Befehlsgewaltiger. Es kommen nur Beschimpfungen, Verdächtigungen, Erniedrigungen, das Gebrüll des erotischen Vasallen heraus. Die Geliebte erschrickt, versteht nicht mehr, kehrt sich unter Qualen ab. Die Folge für ihn heißt Reue, Verdacht gegen den eigenen verdachtschöpfenden Hochmut. Das Tor zur Wiederkehr wird aufgerissen: das ganze wilde Abfertigen und Verneinen hatte nur die Methode, der Steigerung der Leidenschaft zu dienen. Das wußten sie nicht, ahnten sie nicht, aber in allen Sinnen und Gliedern brach es sich Bahn.

»Es hätte Krieg dazugehört«, sagt einer nach Art des Antonius, »Kampf mit Sieg und Blut, um dich und mich

zu fesseln. Was ist Hingabe, wenn sie nicht ein Geschenk der Besiegten an den Sieger ist?
Liebe allein schafft nicht die höchste Liebe. Es müssen Macht und Räume und Bewegung vieler auf dem Spiele stehen, damit sie den Gipfel findet, den sie fordert. Die Krone eines Umsturzes muß sie sein. Von Herz zu Herz stillt man ihre Machtgier nicht.«

Das ist sie, den Braven schwer vermittelbar, Shakespeares Größe: den Konflikt stets bis zum Eklat des Humanums zu führen, so daß nichts mehr von einem Menschen übrig bleibt als die heiße Welle seines Bluts; und am Ende bloß die Erhöhung, von der der Sturz geschieht, um an der eigenen Leidenschaft zu zerbrechen. Dies Feuer hat sich für uns Moderne weit von seinem Herd entfernt. Übrig sind der Mann, die Frau: selbst bei wildem Reden doch zwei Zivilisierte, Friedliebende, deren Waffen abseits ruhen im Depot. Da in der Liebe jetzt den anderen zu verlassen der einzig tödliche Angriff ist.

Die vielen Dinge, die ein Schriftsteller beim Namen nennen muß! rief der alte Romancier. Heraufbeschwören! Ein Regen in Schnüren: Benennungen der Moderne, Stenotypistinnen mit Lockenwicklern, selige Radios, Büros, Aborte im Waste Land, *zerknüllte Theaterzettel, die der Wind über Domstufen fegt. Ein Leiterwagen mit einer Pyra-*

mide von bauchigen Flaschen in Strohhüllen: Unschuld des Neuen Gedichts! Welch süßer Schlaf in den Augen der Frühe, des wilden Jahrhundertbeginns! Zeitliebe, größer als Kriege. Klassik des Wissens, des Traums und des Alltags. Klassik der Entdeckungen und der moralischen Verstöße. Klassik der Tollheit und des Intellekts. Der Angst und des Übermuts. Klassik des Neuen. Des hohen Neuen: nicht zu verwechseln mit dem Neuesten und der Neuigkeit, seinem Abfall, mit dem wir uns gemeinhin begnügen. Schiffsfahrten mit Heimkehr auf den Abwässern der Straßen. Großstadt Abendland. Der dampfende Stier, jagend im Labyrinth der Bars und Bordelle, schüttelt eine alte Kontoristenjacke mit ledernen Ellbogenherzen auf seinem Horn. Kein Frieden. Keine Sehne Frieden in den Lenden. Kein Schimmer Frieden am Horizont. Kein Wörtchen Frieden im Maul. Kriegsgötter schenkten den Reichtum der Kunst, der Wollust und des Wissens. Kriegsgötter pflanzten für Spätere behagliche Gärten, und es entstand, viel Tod und Öde überstehend, eine prachtvolle Kultur.

Daß der Blick übermüdeter Erwartung den Schleier wirft über den Erwarteten, der heimkehrt, ist der Grund, weshalb Penelope den Gemahl nicht erkennt, nicht einmal fühlt. Und doch beginnt mit eben diesem Schleier bereits die Verklärung der Wiedervereinigung. Die Begegnung mit dem Fremden aus Kreta steht von Anfang an unter dem hinhaltenden Zauber seiner Anwesenheit. Von alledem bekommt er selbst, der Städtezerstörer und Brandschatzer Odysseus, nichts mit. »Aber die Königin konnte so wenig hören als sehen; / Denn Athene lenkte ihr Herz ab ...«

Wege des Mannes, Stunden der Frau.
Penelope war im Jahre seiner Heimkehr etwa vierzig Jahre alt. Zwanzig Jahre unerweichliche Treue – zehn Jahre Troja, zehn Jahre Irrfahrt. Während dieser Zeit hatte sie nie ein Bad genommen, ohne ihren Körper in ein schwarzes Gewand zu hüllen.
Eine gute Stunde müsste eine subtile Oper allein der Wiedererkennungsszene widmen, *act of recognition*. Anagnorisis – Musik des verhohlenen Erkennens und des prüfenden Verkennens, das lang hinausgezogene, lang ausgekostete Vermuten. Der Königin flimmert und schwankt die Wahrnehmung des Gatten zwischen Anblick und Gedächtnis. Denn die Wiedererkennung geschieht nicht, indem es Penelope wie Schuppen von den Augen fällt, sondern sehr langsam sinken die Hüllen des Vergessens, der Täuschungen und Enttäuschungen, die die zehn Jahre währende Rückkehr und zwanzig Jahre getrenntes Leben um beide Liebende legten.

Vor dem breiten Fenster zum verschneiten Garten verstummt ein junges Ehepaar nach dem Frühstück. Beide bleiben sitzen, um still hinauszublicken. Sie klappt ihren rechten, bisher angewinkelten Arm auf und legt ihn der Länge nach über den Tisch, die Innenseite nach oben, untersucht in der Beuge einen blauen Fleck, den sie nach einer Blutabnahme zurückbehielt. Dann zieht sie den Arm wieder an und klemmt die linke Hand fest in die Beuge. Die Finger der hochstehenden Rechten bewegt sie wie eine Kralle, und sie kratzen leer in die Luft.
Draußen steigt herauf der verschneite Garten.
Es gibt keinen Grund, weshalb es zwischen den zweien nicht gutgehen könnte. Den Anblick meiden, den Augenkontakt, von der Stimme nur das Nötigste, aber gemeinsam versunken in Schneeschauen.

Wie Erzengel Raphael mit Tobias und dem Hündchen geht, so ging mit dem schmalen Mann die unerforschliche Gesandte. Sie war da – und war wie die Perspektive auf frühen Landschaftsgemälden, eine in die weite Flur gestaffelte Person. Ja, er blickte in jedem Moment in die Tiefe ihrer Gegenwart. Doch keine Ansicht von ihr verriet, woher sie kam, wohin sie wollte. Eine Gesandte war sie – doch von wem? Er wollte es nicht erkennen, er wollte nur noch begleitet sein.

Ineinander aneinander verloren. Er weiß nicht, wohin ihrer beider Schritte auf den kiesbeschichteten Wegen unter den kahlen Baumriesen führen werden, das gemeinsame Gehen, das von den Schritten des Alleingängers so streng unterschieden ist wie weltläufig von weltflüchtig. Sie kam beinah jeden Morgen von einem rauschenden Fest zurück und kehrte den Tag über ein in die Stille zu ihm, die täglich größer wurde. Aber wenn es nun immer noch stiller, wenn es unablässig Grad um Grad stiller wird – irgendwann wird sie wohl sagen: Bis hierher und nicht weiter. Weiter gehe ich nicht mit dir, die Stille wird jetzt mörderisch.

Nein, ihr Mann war nie ein Patriarch, alles andere als das. Ein weltläufiger Intellektueller, dem es nicht leichtfiel, das Familienoberhaupt zu geben und den, der das Sagen hat, ins Innere des Hauses zu tragen, wo er doch draußen häufig mit solchen, die das Sagen haben, umging und sich mit ihnen messen mußte. Meist trat er zusammen mit seiner agilen Frau auf, und dabei war beiden bewußt, daß der Mann auf seinen vielen Reisen zu Symposien und Konferenzen stets von einer weder ihm noch seiner Frau bemerkbaren Freundin begleitet – oder muß man sagen: beschattet? – wurde. Beide wußten es, denn die Geheime sparte nicht mit Zeichen und Winken, kam jedoch selbst niemals offen zum Vorschein.

Oft war es gut und der Ehe förderlich, daß es diese zweite Frau gab. Sie stärkte den Zusammenhalt, denn bei diesem reizbaren Paar war nicht abzusehen, ob es nicht in einem fatalen Moment schnell auseinanderfiele, wenn die Ungreifbare nicht ausgleichend im Hintergrund wirkte. Dort blieb sie, wachsam und scheinbar selbstlos, auf sonderbare Weise im Entbehren geübt. Manchmal erschien ein sanftes Hintergrundleuchten im Rücken des zankenden Paars, das beiden zwar auffiel, doch ein störrisches Rätsel blieb. Und wenn er erschöpft vom Debattieren mit Kollegen auf die Straße trat, so schien die frische Luft auf einmal von Koseworten zu vibrieren. Sie zeugten geradezu aufdringlich von der Anwesenheit der Heimlichen und ließen ihn sogar etwas von ihrer sinnlichen Erregung spüren. Das eine Mal wehte sie ihn an, das andere Mal wehte sie an ihm vorbei. Das eine Mal rumorte sie unter seinen Füßen, das andere Mal glühte sie neben ihm, kämpfte offenbar mit der Versuchung, sich endlich zu entheimlichen und vorzustellen.

Und er findet das Mädchen wieder aus dem Elfenland und spricht mit dem einsamen Mischling, der mit neuen Klugheiten gesegnet und dann von ihnen schlaflos geworden ist.
»Aber in der Nacht?«

»Ist es wie am Tag. Immer nur denken, denken, denken. John Searle sagt, es wird nie eine starke KI geben, der Computer kann nur mit Symbolen arbeiten, findet keinen Zugang zur Bedeutung, ist unfähig zur Semantik. Die Churchlands sagen, das trifft nur für den Parallelcomputer zu. Der neuronale Rechner der Zukunft wird auch die Bedeutung kennen.«
Der hübsche Mischling spricht, die junge Frau mit den Kleinmädchenzöpfen. Und neben ihr (sie sitzt auf einem Stein) der hagere Junge mit großen Augen, der immerzu Miene macht, sie zu unterbrechen, ihr zu erwidern, wenn die Hochbegabte, ohne daß jemand sie zusammenhängend verstünde, dies und das, immer Wissenswertes, von sich gibt und nach einer Reaktion bei ihm sucht. Doch er blickt lediglich bedeutungsvoll zu Boden, blickt mit scheinbarem Verstehen auf, den Anflug eines überlegenen Lächelns um den Mund, das aber gleich wieder einem Ausdruck stiller Ergebenheit weicht, mit der er dem unruhigen Wissen des Mischlings lauscht. Dabei wechselt unkontrolliert seine Miene auf einmal zu der eines Zirkusgehilfen, der einen Tanzbären in der Arena vorführt, nur daß es mit größter Schüchternheit und Schamhaftigkeit vor dem Tier geschähe.

So geht sie ziellos durch den Raum, Dinge greifend, sie kurz betrachtend und zurück an ihren Platz stellend. Mit jedem Schritt in ihrem Rücken das eine erlösende, das eine erleichternde Wort erwartend.

Doch er beginnt von vorn. »Damals in der schlechten Zeit, da gab es nichts Besseres ...«

Gemeint waren die letzten Kriegs-, die ersten Nachkriegsjahre, ein Zitat aus Erzählungen der Eltern: »Sie dauerten nicht lang, aber es war eine Epoche für sich, und man schaute schon bald auf sie zurück.«

Darauf sie, die viel Jüngere: »Damals in der guten Zeit, da gab es jeden Tag was Besseres. Wird man es jemals so sagen? Wenn man von heute spricht?«

»Die gute Zeit dauert nun schon so lange. Sie wird aber so vielerlei gewesen sein, daß sie nie als von allen gleich erlebt erinnert werden kann.«

Und wiederum sie: »Aber *unsere* Zeit, die Zeit zu zweit, sie war auf einmal aus. Und wir endeten in Armseligkeit. Du und ich, unsere Körper glichen blutig-rohen Kaninchen, die man bei lebendigem Leib gehäutet hatte; die sich vor Qualen am Boden wälzten.«

Das Zeichen, in Gesellschaft überhört zu werden, nicht bemerkt oder mitgezählt, brannte auf seiner Stirn. Es trat weniger infolge seines unscheinbaren Verhaltens und Betreibens hervor als vielmehr aus einem

ursprünglichen Mangel an menschlicher Anziehungskraft. Ja, er war überzeugt, daß, was die *Persönlichkeitsforschung* im Zuge ihres nimmermüden Begriffeschindens als »Negcharis« bezeichnete, wie auf ihn gemünzt sei. Es war da ein negativer Nimbus, der ihn umgab, eine *dyspersonale* Ausstrahlung, so daß er, wie ihm nur zu bewußt war, selbst in geringster Gesellschaft von dreien, von den beiden anderen überhört wurde, sobald er das Wort ergriff, oder von keinem Aufblick empfangen, wenn er irgendwo unversehens zur Tür hereintrat.
Nur wo er unfreiwillig komisch wurde, nahm man ihn wahr und erinnerte sich auch später noch daran, was ihm wiederum als eine besondere Form der Geringschätzung zu schaffen machte.
Es wäre wohl eine genauere Studie wert, herauszufinden, wie sich ein Mensch unter Menschen bewegt, dem jede Anziehungskraft fehlt. Man würde dabei vielleicht zu dem Ergebnis kommen, daß die überwiegend negativ geladenen Partikel seiner Wirkung von einem Übermaß an Selbstbeobachtung herrührten. Selbstreflexion, heißt es, mindere deutlich die Außenwirkung der Person. Sie erwecke den Eindruck einer unselbstständigen, einer *relativen* Einsamkeit. Relativ deshalb, weil es durchaus auch souveräne Einsamkeit gibt, welche aber in der Regel interessant erscheint, anziehend wirkt und nicht abstößt.

Im Überlandbus über Nacht. Ihm aufwartend, steht sie neben ihrer beider Sitzreihe im Gang. Ihr Mann entkleidet sich an seinem Platz, legt Jacke und Hose ab. Sie nimmt seine Sachen an sich, reicht ihm den Pyjama, sortiert die abgelegten Kleider zu Bügel und Hosenspanner und hängt sie neben dem verdunkelten Fenster an einen Haken. Niemand nimmt Notiz von der umständlichen Umkleideszene.
Die Frau ist keineswegs eine willfährige Dienstperson. Laut und deutlich sagt sie über die Köpfe der Passagiere: Mein Mann braucht meine Hilfe und er ist dankbar dafür. Ich ehre den Hilfsbedürftigen, denn er war mir ein Leben lang ein guter Mann.
Der Ausruf zeigte die seltsamste Wirkung. Niemand lachte darüber, niemand spottete oder erwiderte ein Wort. Das aufrichtige Bekenntnis durchschlug wie ein Sphärengestein die Erdatmosphäre der aufgeräumten Busgesellschaft. Der Planet der Paare – um den Vergleich bis hin zur späten Kreidezeit zu strapazieren – verdunkelte und erkaltete nach dem Aufprall des Bekenntnis-Asteroiden, der Staub der Unlust sank über sie und sie blieben fürs erste unverpaart.

Das süße Nachsehen ... sie meinte es ernst, es war ihr blutiger Ernst ... sie könne sein ganzes Leben an sich reißen ...

Im Tagebuch damals er: »Ihre Liebe zu ehren, müßte mir mehr sein, als sie zu lieben.« Traum, um sich zu vergewissern der Stunden, die einmal so dringend waren. In den Händen des alten Mannes werden sie noch einmal eine formbare Lebensmasse. Doch dann wieder dieses »Alles überwunden«.

Er will es nicht noch einmal erleben. Er will es in seiner ganzen Erst- und Einmaligkeit *erlebt haben.* Sein Tagebuch verneint die Erinnerung – die Zeilen sind die reine, ungestreckte Präsens-Droge. Da ist kein milder Abendschein, da ist alles flammender Morgen.

Also schrieb er ihr nach dreißig Jahren in einem linkischen Brief, daß er vergangene Nacht überwältigt worden sei von »unserer Geschichte in rücksichtsloser Gegenwart«.

Die Indiskrete! Da schreibt sie Briefe an ihren Mann in meiner Gegenwart. Sie sieht mich an und schreibt dann etwas über mich an ihn. Und ich erfahre nicht, was sie ihm mitteilt – über mich. Sie sieht mich vage an, nach Worten suchend, mir gegenüber am Tisch, und schreibt sie auf, bis sie zum Schluß das Kuvert befeuchtet, mit vielsagender Zunge über den Klebestreifen fährt. Sie wechselt Briefe mit dem Ehemann … vor meinen Augen! Erzählt ihm alles über mich. Alles, was sie mir verschweigt. Sind denn die beiden ein Komplott, bin ich ihr Experiment?

»Vielleicht ist es dir zu intim, mein Herz, wenn ich dir jetzt in bitteren Einzelheiten berichte, was ich vor kurzem mit ihm erleben mußte. Aber mir scheint, indem ich dir davon erzähle, läßt sich der Zwischenfall ein wenig von mir rücken, denn oftmals kann ich seine stümperhafte Leidenschaft kaum mehr ertragen, und ich glaube nicht, daß ich es verdient habe, in die Finger eines solch ungeschickten Mannes zu geraten, und dies einzig mit der selbstlosen Absicht, endlich die Furie deiner Gelüste via Eifersucht zu wecken. Nur um vorübergehend die Grabplatte deiner Unlust anzuheben.«

»Ich bin jener Ungeschickte, den meine geliebte Verräterin Ihnen so ausführlich geschildert hat.«
Mit diesem ironischen Schritt an die Rampe, mit diesem kurzen *ad spectatores* gab sich der Verliebte nicht nur dem Publikum, sondern auch den beiden anderen Akteuren als der zu erkennen, für den sie ihn immer gehalten hatten. Als jemand, den sein aufrichtiges Gefühl daran hinderte, ein doppeltes Spiel zu spielen oder es wenigstens zu durchschauen. Der nicht verstand, daß hier jede Handlung (und jeder Handgriff!) einen anderen Zweck verfolgte als den vorgeblichen. Daß der Betrug am Ehemann von der Frau als Arzenei eingesetzt wurde, um dessen Phlegma zu behandeln. Ihre Briefe, dem Liebhaber aus gespieltem Versehen halb und halb zur Kenntnis gebracht, waren mit einigen Finten des Stils dahin verfaßt, daß sie zweierlei Lesarten zuließen: Was den Trägen zu-

haus in Erregung versetzen sollte, schien dem Liebhaber vor Ort im Gegenteil so, als wollte sie dem Gatten gegenüber ihre Affäre verharmlosen, indem sie über ihren ungeschickten Gespielen herzog und dabei seine Karikatur mit etlichen anstößigen Einzelheiten ausstattete. Nichts, was glaubwürdig gegen ihn zeugte, boten ihre Zeilen – weder dem einen noch dem anderen. Dem einen nur die Stimulanz, dem anderen eine gezielte Verdrehung der Tatsachen. So kam es, daß der Liebhaber, für Fragen des Stils eher unempfänglich, ihre maskierten Zeilen uneingeschränkt zu seinen Gunsten auslegte und an den wahren Empfindungen seiner Geliebten nie einen Zweifel hegte. »Ich bin ein schlechter Beobachter, aber ich glaube doch bemerkt zu haben …«

Und hier setzten das rätselhaft Großmütige und der sichere Selbstschutz seiner Naivität ein, die ihn davor bewahrten, die Fragwürdigkeit ihrer Briefaktion zu entdekken, in seinem Verhältnis gestört zu werden oder gar von seiner »stümperhaften Leidenschaft« abzulassen.

Zwei spanische Wände, hinter denen Mann und Frau sich umkleiden, rücken schließlich gegeneinander vor, stoßen wie die Schilde antiker Krieger aufeinander. Kampfrufe und Schmähungen des Gegners begleiten den Angriff.

Falsche Vorstellung der Frau von ihrem Leben prallt gegen falsche Vorstellung des Manns von seinem Leben. Generalzerrüttung beginnt. Die Freiheit, sich jederzeit aus seinen Verhältnissen stehlen zu können, führt unvermeidlich zu deren Zerstörung. Doch diese Erlaubnis geben sich die beiden nicht. Nur wo einer dem anderen *unumgänglich* wird, ist ein Liebeskampf in Würde möglich.

Die Abreise nahte, die ohnehin diffuse Gesellschaft von Jungunternehmern und aus der Übung gekommenen Geschäftemachern, die dauernd ihren Firmennamen wechseln mußten, franste weiter aus. Die einzig Unbeugsame der Versammlung hatte in einer unverhofften Wendung über ihre Schulter rückwärts zu ihm gesprochen – ohne sich umzudrehen, aus dem verlorenen Profil sagte sie ein wenig zerstreut, fast für sich: Wenn du bleibst, bleibe ich auch noch ein paar Tage.
Ein Angebot, dessen Tragweite ihre Stimme dämpfte und schwächte. Doch die Stimme führte ihn in den Hof der schönen Unentschiedenheit, in dem die Möglichkeiten schweben und zerfallen und zerfallend neue Illusionen bilden ... Allein mit ihr! Und nur die aufregende Unentschiedenheit brachte ihm das junge Herzklopfen wieder, das all die Mutproben, die sein Beruf ihm abverlangten, niemals erregt hatten. Aber was, wenn Unentschiedenheit stagnierte, bis gar Unwahrscheinlichkeit entstünde, sich *systemisch* aufbaute?

Ihm war: Hier geschieht etwas allzu vorbedacht! Zwei, die von einer abreisenden Tagungsgruppe zurückbleiben, erleben die Zerstreuung dieser Gruppe auf einmal als Zerstreuung ihrer Sinne.

Die über ihre rechte Schulter nach hinten gerichtete Anrede: Wenn du bleibst, bleibe ich auch noch ein paar Tage – diesen Vorstoß von Interesse samt Fragezeichen parierte er nicht offen; er verfing sich vielmehr in der Erwägung, ob es sich um ein Angebot und ein im selben Atemzug widerrufenes Angebot handeln könnte.

Sie bezogen am Rande des Tagungsgeländes ein einfaches Chalet mit zwei Zimmern für Mann und Frau. Darin je ein Bett. Zwei Zimmer und ein schmaler Flur. Sonst kein bewohnbarer Raum. In ihren Zimmern verbrachten sie einige Tage nebeneinander ohne Liebesbegegnung. Abends trafen sie sich auf dem Flur, um gemeinsam vor das Haus zu treten und den Sternenhimmel zu betrachten.

Etwas begann nicht. Ihre gemeinsamen Tage gingen bereits zu Ende, als sie noch immer säumten und ihr Verweilen etwas von überschrittener Frist bekam. Einfach weil sie zusammenblieben, über die ihnen bestimmte Zeit hinaus.

Noch auf engstem Raum gibt es Entfernungen, in denen man sich verliert. Sie tun sich plötzlich auf zwischen zwei Meinungen, zwei Wörtern, sie entstehen auch zwischen Liebenden, so daß die eigentlich am engsten Verbundenen auf einmal unabsehbar weit auseinandergeraten. Entfernungen, die im Inneren weiter sind als die längsten Abstände in der meßbaren Welt. Was aber reißt zwischen zweien nah beieinander solche Weiten auf? Ein Umsturz des Herzens? Ein Blitzeinschlag der Befremdung?

Sie hätte etwas antworten müssen. Er hatte ihr seine neue Schrift zugesandt. Sie hatte auch darin gelesen, doch komplett vergessen, worum es ging. Er wartete am Telefon, sie sagte nichts. Es ist spät, sagte sie wie zu ihrer Entschuldigung, er hatte sie um vier Uhr morgens aus dem Schlaf geklingelt. Sie blieben einander Worte schuldig. Ihr schien, er war betrunken und brachte es nicht zusammen, was er sagen wollte. Sie versuchte sich krampfhaft an seine Schrift zu erinnern.

Er sagte, er stehe zufällig wieder im Eingang des Hauses, das sie vor Jahren gemeinsam bewohnt hatten. Die Stimme der Geliebten am Ohr.

Wie oft habe ich versucht, dich hier zu erreichen, sagte sie, obwohl sie gar nicht »hier« war. Er empfand, daß der Geist des Hauses, das er so geliebt hatte, zu ihm spräche.

Oder war's nicht doch ihr Geist, der immer noch im Haus, das er seit langem verlassen hatte, nach ihm suchte?

Die Unsicherheit der verliebten Dozentin, verliebt in Mark. Er wartete über eine Stunde vor ihrem Büro. Dann kam eine Assistentin heraus und sagte, die Frist der Sprechstunde sei abgelaufen, die nächste finde am morgigen späten Nachmittag statt. Mark fluchte und wandte sich ab. Die junge Professorin kam aus ihrem Zimmer und ging ein paar Schritte hinter ihm her. »Warten Sie doch. Ich kann Ihnen noch ein paar Tipps geben, wenn Sie unbedingt nach Hamburg wechseln wollen.«
Hyperrealistisch, so empfand Mark, ging es nun weiter. Während sie zu ihm sprach – in ihrer durch Verliebtsein unsicheren Ausrichtung –, wurde sie angezogen, abgelenkt von einem Gespräch, das neben ihr ein Student mit einer Kommilitonin führte und das verstörend nah an ihr Ohr drang. Beinahe hätte sie sich den beiden zugewandt, während sie noch mit Mark sprach, hätte sich korrigierend eingemischt in deren Gespräch, denn sie hörte etwas, das absolut nicht stimmte. Sie hörte, während sie, unsicher und scheu, Mark anredete, unmittelbar neben sich etwas, das nicht stimmte. Eine grobe fachliche Unrichtigkeit, und sie zögerte, ob sie die beiden nicht korri-

gieren sollte. Da sagte Mark, ihr offen und sicher zugewandt: Ich will gar nicht nach Hamburg wechseln.
Ein weiches Lächeln erschien auf dem Gesicht der Lehrerin; augenblicklich war sie erleichtert, daß er bei ihr bliebe, zugleich ungläubig, ob sie recht gehört hatte.

»Die Frau eines Mannes« nannte sie sich, und er folgte ihr auf einem weitläufigen Fest von einer Nische zur nächsten, so daß man beide nirgends zusammen sah. Es waren jeweils nur kurze Begegnungen mit flüchtigen Gesten der Verständigung und des Staunens. Den ganzen Abend in Intervallen fügten sie Bruchstücke des Kennenlernens zusammen. Nur zweimal lehnten sie die Köpfe aneinander und sagten Stirn an Stirn: Ich hab dich lieb. Beim nächsten Mal korrigierten sie es vorsichtig: Ich bin dir gut. Damit war die Sache besiegelt. Es würde keine E-Mails, keine Anrufe, keine Handy-Nachrichten zwischen ihnen geben. Aber das Verliebtsein war nun ausprobiert, und für seinen Teil bestand es noch lange. Schlank, zart, kurzhaarig blond war die Frau eines Mannes. Dieser zeigte sich den ganzen Abend über nicht an ihrer Seite. Sie gab ihrem Freund auf, zu erraten, wer es sei, welcher Mann in dieser bewegten Gesellschaft denn zu ihr gehöre?

Geheime Sigune im Dickicht der Linde
Die weißen Knochen beblättert,
Verworren das Haar mit den Zweigen,
Äste wachsen durch ihre Brust.
Doch den toten Geliebten, geharzt und gewickelt,
wiegt sie ihr Lebtag im Arm.

Indem ich nun wieder bei Wolframs Sigune gelandet bin, nie richtig losgekommen von ihr, mir meinen Vers drauf mache und noch einmal die alte Geschichte erzähle, nehme ich gleichzeitig Abschied für immer vom Parzival. *Erneut hat er im Perigäum seiner Umlaufbahn einen dem Erzähler nächsten Punkt erreicht – und bereits durchlaufen, hat sich schon wieder entfernt, ohne daß ich die Gelegenheit ergriffen hätte, endlich mit meinen eigenen Improvisationen über den Frageversäumer zu beginnen ... »Bis zum nächsten Mal!« ruft entschwindend das* Parzival-*Werdeding mir zu. Schmerzlich genug, denn seine nächste Annäherung werde ich kaum mehr erleben.*

Wie im Mittelalter üblich und eigentlich immer gültig, ist Minne ein Wissen, dessen heranwachsende Frauen sich zur Erziehung ihrer Jünglinge bedienen. Mit etlichen Prüfungen hatten diese einen langwierigen Wechsel von Annäherung und Aufschub zu bestehen.

Und die Frauen prüften in allem – bis hin zur ›liegenden Minne‹. Kurz davor, bei ihm zu liegen, war nun Sigune mit ihrem Schionatulander. Da brach aus dem Gebüsch der Bracke, ein Wild hetzend. Der junge Mann, um sich von den mühseligen Lektionen zu erholen, stand gerade mit nackten Beinen im Wasser und angelte. Von ihrem Lager rief seine schöne Versprochene ihm zu, er möge den Bracken fangen und ihr bringen. Dies sei die endgültige seiner Prüfungen. Durch dornige Sträucher verfolgt er das Tier, greift es und führt es zu seiner Herrin. Sigune entdeckt an dem Hund ein kostbares Halsband, geschrieben in Edelsteinschrift, eine *âventiure*, verfaßt von der Geliebten des Pfalzgrafen.

Atemlos liest sie die Vorgänge, die vom Halsband sich fortsetzen auf der zwölf Klafter langen Leine, die sie, den Jagdhund zu halten, am Pfosten ihres Zelts befestigt hatte. Während sie nun immer begieriger liest, wickelt sich das Seil langsam ab. Plötzlich entreißt sich der Hund und hetzt wieder ein Wild. Oh! Sie hat die Geschichte nicht zu Ende gelesen. Von ihrem Freund fordert sie, das Tier ein zweites Mal einzufangen: dies sei ihre allerletzte Bedingung – seine letzte Prüfung vor ihrer Hingabe. Sie fordert es mit blutenden Händen, weil ihr die Edelsteinschrift beim Fliehen des Tiers die Haut zerriß. So verletzt von Schrift steht sie und wartet mit heißem Herzen – auf die Fortsetzung der Geschichte.

Ist sie nicht das Urbild der Leserin von Fortsetzungsromanen? Der Süchtigen der Serien-Filme? Sie muß die nächste Folge kennen, muß! Ganz gelesen will sie sein, die >schrift an dem seile<.

Jetzt lauf, den Hund zu fangen, ich muß es wissen,
ein Spruch steht da auf Leben und auf Tod.

Er sah ihn bald. Der Hund schlich einem Fremden
nach.
Es war ein dunkler starker Kerl, die Kapuze überm
Kopf.
Mein Geliebter umarmte den Hund, er küßte
ihn und bat ihn um Vergebung.
Doch der neue Herr des Hunds warf meinen Liebsten
zu Boden. Beide gerieten in Streit. Die düstere
Kapuze stieß mit einem Dolch. Der Liebste sank
zur Böschung. Der Bracke leckte seine Wunden.
Der fremde Herr riß ihn davon, verschwanden beide.
Mir trug man den Ausgebluteten ins Haus.

Übrigens ein gewisser Orilus tötete den Schionatulander. Der Kerl war ein Schinder seiner Frau Jeschute, die in zerfetzter Kleidung durch den Wald hinter ihm her ritt. Zuvor traf Parzival auf sie, deren verlockende Gestalt jedoch nur Mitleid bei ihm erregte. Unbedacht gehorchte er der Empfehlung seiner Mutter, jeder Frau, der er begegnet, zuerst den Ring und zwei Küsse zu rauben …

Im Grunde war es aber so: Orilus hatte versäumt, seine Frau zu schützen. Es wurde ihr Gewalt angetan, und feig behauptet er, seine Frau habe ihn betrogen, und damit sucht er die eigene Nachlässigkeit zu vertuschen.

Es ist doch ein Versäumnis, sinnierte der alte Romancier, daß kaum ein Film der großen Filmzeit in Waldwirren und Waldgängen spielt. Die arcana silvestris, *Spiele der Abhängigkeiten und Verwechslungen, bleiben seit Shakespeares Ardenner Wald weitgehend unbelebt. Es taucht vor dem epischen Auge auf: ein Wald voll heimlicher Verstecke für die Versehrten der Lust. Man geht beim Erzählen – ja, der Reigen der Episoden und Begebenheiten geht von einem Versehrten zum nächsten hin.*

Ihr Lebtag war sie gut. Doch eines Tages wurde ihr Blick kahl und flach. Er verlor das Suchende und das Bereitsein, die beide das Auge beleben, wenn es dem begehrten Menschen oder einem, der gefällt, begegnet. Die lange Unterdrückung von Scheel- und Verurteilungssucht hatte es auf einen Dauerton, eine Mischung von Unterwürfigkeit und Abschätzigkeit, gestimmt. Auch etwas Überhebliches lag darin, das sich wohl aus dem reichen Schatz ihrer geheimen, aber eben

doch im Auge mitscheinenden Hintergedanken speiste. Kurz: In die Augen trat etwas vom »Saft der Grimmigkeit« (Jakob Böhme).
Diese Frau, könnte man sagen, erschütterte ihren Mann in wahren Paroxysmen der Abkanzelung. Es mußte über sie kommen, es waren heftige Schauder. Seine Beherrschung, seine tapfere Besonnenheit provozierten nicht selten ganz abrupte Anschläge. Er hörte ihr zu, sah sie geradeaus an und ertrug es. Alles, was ich ihr an Herzverhüllung biete, an Selbstentblößung verweigere, das wendet sie in kleinlichen Unterstellungen gegen mich. Sie schärft es zu Stiletten der Mesquinerie, lauter Miesmachereien, falsche Richtigstellungen, Blamierversuche, Spitzen nach unten und nach oben, nicht selten um die Gürtellinie herum.
Je weniger sich der Mann rührte, je vergeblicher sie Zustimmung suchte etwa im Kreis der Verwandten oder Gäste, um so spitzfindiger wurde ihre Abrechnung, um so unkontrollierter ihre Rache an der Gelassenheit, mit der der Zerstichelte ihre Ausfälle hinnahm. Weshalb dergleichen erwähnen? Bemerkenswert daran ist allein das Kleinliche selbst. Das Kleinliche, das um sich frißt und sich ausbreitet wie Schädlingsbefall, denn das Kleinliche gehört zu den schlimmsten Heimsuchungen einer mißglückten Liebe.

»… denn wie andere hundert Augen zum Sehen haben und andere hundert Hände zum Winken, so hatte dieser hundert Herzen zum Dulden und bestand gänzlich aus Herz.« (Baltasar Gracián, Das Kritikon)

Und doch sucht all unser Sehen nichts als ein Gesehenwerden. Der schattige kleine Platz mit Bänken unter gestutzten Platanen, nahe dem großen Boulevard, im Winkel einer Nebenstraße mit Botschaftsvillen links, Mietshäusern rechts, ein Mann allein auf dieser Rastinsel bei leichtem Wind. Er sieht hinauf zum zweiten Stock des Hauses gegenüber, unten eine kleine Bar, oben stehen die Fenster offen, eine Frau singt. Auch die Fenster zur anderen Seite, zum Boulevard hin, stehen offen, luftig, mittäglich, im Wind schwingen leicht die Fensterläden. Aber das schwere und langsame Gemüt des Mannes, der hinaufblickt, den Gesang hört, der zwischen dem Straßenlärm vordringt und gleich wieder übertönt wird – es wühlt in seinem Bewußtsein der immergleiche Wunsch: nach so vielen Jahren der Abwesenheit, der getrennten Wege, aus einer gewissen Entfernung, vielleicht hinter einer Gardine versteckt oder einem Sonnenschutz des Balkons von seinem *ehemals besten Freund* gesehen zu werden. Sich ihm zu zeigen. Ihm darzubieten, wie er sein gewöhnliches Leben, seit langem weit von ihm entfernt, nun tapfer ohne Freundschaft alleine führt. In seiner Vorstellung bewegt er sich häufig vor den Augen des Entbehrten und fühlt sich heimlich beobachtet von ihm.

Jedesmal, wenn ihm draußen auf dem Land etwas leichter zumute war, sagte er sich: Es könnte daher rühren, daß der *alte Freund* nahe ist. Daß er schon da war, daß er mich vom Zaun her sah, als ich aus der Tür trat, um den Eimer mit Spülwasser über den Kiesweg zu schütten. Erblinzelt hat er mich. In diesem schmerzenden Zwielicht von Gesehen- und Erinnertwerden bin ich ihm erschienen. Ich gab eine Erscheinung ab. Das muß der Grund sein, daß ich so gefestigt und gestärkt nach vorne trete.

Die Versuchung des Abgeschiedenen war niemals der Taumel zurück in die Welt der Leute, sondern die besessene Naherwartung des *alten Freunds*. Es war wie eine knisternde elektrische Wolke, die seiner überspannten Erwartung entstieg: Gesehenwerden!
Er benutzte meist den Hinterausgang, um seine Abfälle auf den Kompost zu werfen. Von der Schwelle der vorderen Tür war er oft genug wieder zurückgewichen. Er besaß noch nicht die Kraft – und jeder Versuch dahin war bisher gescheitert: nach vorne hinauszutreten in die schrankenlose Helligkeit, wo Himmel und Ankunft in einem Licht standen und so sehr blendeten, daß kein Wesen mehr sah und gesehen ward.

Oberhalb der Bahngleise auf freiem Feld lief er, eilte wie ein mißhandeltes Opfer hinter dem Entbehrten her, schloß einmal sogar auf Schulterhöhe auf. Ein großes Buch mit schwarzen kartonierten Blättern trug der Freund unterm Arm. Der ehemals beste Freund, endlich! Und so nahe bei ihm! Er wollte ihn aufhalten. Doch der Gehetzte stürzte weiter voran und würdigte ihn keines Blicks. Ihm schien, als hätte der ehemals beste Freund sich Herz und Gewissen, Ich und Erinnerung aus dem Leib gerannt.

»Ich bin hinter etwas her«, keuchte er, »das tausendmal größer ist als alles, was ich je getan oder gedacht habe, unendlich viel größer, als ich es, solange ich mit dir war, je hätte fassen können. Es dauert nicht mehr lange und das Größte, das Ungeheuerliche, wird an meiner Stelle da sein.«

Und schon war er davon, kein Zuruf hielt ihn zurück.

Nach dieser Begegnung, die so schroff entgegen seinen Sehnsüchten verlief, sank der Stehengelassene in anhaltenden Trübsinn.

Bei ihm, dem besten Freund, sieht's aus wie der Zerfall eines Giganten. Mir aber ergeht es, als ob ein schleimlos trockener Wurm kriechend sich selber zerschürfe. Jedenfalls wie einem, der nicht mal mehr seine Stimme erheben kann. Der immer nur murmelt, vor sich hin spricht, da ihm die Mühle im Kopf, das Denkmahlwerk alles zerkleinert, zu Streu und Pulver zerreibt, bevor er's auf die

Zunge bringt. Und wieder rieselt ihm das Wörter-Mehl nach unten weg, wie aus einem Sack, der einen Schlitz hat, und irgendwann, wenn der Davonrenner nicht bald zurückkommt, würde er leer sein, ausgelaufen, und aller Stoff von Herz und Hirn verronnen.

Jedoch Schritte, was sind sie? Ist man nicht oft genug stehengeblieben und hat seine nächsten Schritte im Stand erwogen? Verknüpfungen hergestellt und verdichtet, woraus nicht selten Verstrickungen wurden? Ja, man schritt aus. Saß in mittleren bis guten Restaurants, spazierte durch Parks, Gassen und über viele freie Plätze. Besuchte Museen, Konzerte und Bibliotheken. Und traf niemanden. Erfuhr nichts vom Leben der Bewohner in fremder Stadt. Ging in ihren öffentlichen Gebäuden kopfschüttelnd umher: Plötzlich geblendet von der Vision der Not, die naht, Armut für alle und Unrecht. Fester dann die Schritte und enger die Straßen. Schnell reif wird das Kommende.

Manchmal in Tierfilmen sieht man in der Wüste Zebras, Gnus von Tigerrudeln gejagt und besprungen, im Lauf gepackt und hingeschmissen. Es scheint, daß nach mißglückter Flucht sie klaglos sterben;

so gut wie kein Abwehrkampf. Einmal ergriffen, beruhigt sie ein Instinkt für das Unentkommbare und sie scheinen ihre Seele in Sicherheit zu bringen. Ihr Leib wird, fast sich selber übergebend, ein unbelebtes Beutestück. Das Tier in seinen letzten Zügen besitzt kein Gesicht für seine Qualen – kein Schrei, kein Wahn-Blick, kein schmerzverzerrtes Maul.
Spätes Mahl. Junges Paar auf überdachter Terrasse, jeder ein unförmiges, blutiges Stück Fleisch verzehrend, wie gerade herausgerissen aus dem Rind, nur auf einer Seite scharf angebraten, so daß Wasserfontänen hervorspritzen, roher Batzen Fleisch mit Sehnen und Aderklumpen – und das schweigende Paar schlingt wie die Hunnen.

Kleider bildeten dieser Frau den Körper, so daß man sich nicht vorstellen konnte, wie er ohne Kleider noch begehrenswert sein sollte. Also galt es, ihre Nacktheit unentdeckt zu lassen. Das Verlangen hatte sich darauf zu beschränken, ihren Kleiderkörper Falte um Falte zu öffnen, ja schließlich auch wüst zu zerwühlen, zu packen, aufzureißen – ohne auch nur auf einen Streifen Nacktheit zu stoßen. Das gewöhnliche Entblößen hätte eine Schändung ihrer weiblichen Aura bedeutet, die ganz aus Kleiderhäuten, aus undurchdringlicher Hülle entstand – und doch so viel tiefer wirkte als jede Fleisch-Berührung. Denn mächtig zog die Blöße an, zog durch Stoff und Stil die Nacktheit zu sich – und gewährte die letzte Lust in der Erfahrung ihrer Unerreichbarkeit.

Nicht können allein, sondern nicht anders können, darauf kommt's an. Nicht die Kristallschärfe allein, da wär auch noch der Herzschlag, die Träne, der Fluch. Da sind Heiterkeit, Trauer und Jähzorn. Nicht die Stille allein, da gibt's auch noch den Klatsch und Klamauk, das Sichvergessen und das Imponiergehabe.
Und das soll alles in einen einzigen Menschen gefüllt werden, damit soll er belebt werden? Nur ein Künstler vermag das. Der bloße Lieferant von Stoffen, von Zutaten und Ersatzteilen, vermag es nicht.

Die scheltende, auftrumpfende, urfluchende Schöne, die neben ihm in der Markthalle einkaufte, sich das Huhn, die Taube, die Ente, die Wachtel auf die Schulter, an den Hals, den Oberarm binden ließ und den verdutzten Mann mit hinaus auf die Straße zog, ein zappelnder Fisch hing ihr vom Kopf, und auf dem Höhepunkt ihres sich steigernden Außer-sich-Seins schrie sie ihn an: Auf die Knie vor mir! Sieh mich an! Ich trage die Tiere am Leib. Ich bin die Herrin des Geflügels, ich bin die Geweihte der Fruchtbarkeit. Knie nieder! Du Armer.

»Bring mich nicht zum Reden!«
Die übermüdet vom Fest heimkehren, zwei, langsam schlendernd, sich an diesen oder jenen Mauervorsprung stützend, anhaltend, die Stola, die am Boden schleift, zusammenraffend, immer dasselbe Bild, wenn's um Erschöpfte geht, immer ein Schal, eine Strickjacke, irgendein Kleidungsstück, das am Boden schleift; wenn's um dieses *Ich-will-nichts-mehr-hören!* geht ... Nichts mehr sagen, erwidern, bestreiten. Repliken-Reptilien. Schwer, träg, heimtückisch. Knochen zermalmend.

Seit achtundzwanzig Jahren seine Sekretärin, immer noch die hübsche Pony-Frisur, darunter Falten, Rinnen, Kerben, Röte und Schwemme, nicht nur die Flasche, auch die allergischen Empfindlichkeiten, dazu der Kummer mit dem Sohn, Jan, einunddreißig jetzt! Ihr Leben für den Sohn, was kommt dabei heraus, was kann nur dabei herauskommen? Ein Flop, ein Jammerfall. Männer, das ging früh daneben, nur der Sohn, hervorgegangen aus einer Dreiwochenliaison mit einem Maler, drei Wochen Ausgelassenheit, drei Wochen der Trost eines Verrückten, der sie gar nicht wahrgenommen hat, drei Wochen waren extravagant in diesem langen Arbeitsleben, ein Ausbruch von Illusion, drei Wochen Hochzeit mit einem introvertierten Mann, drei Wochen und ein Kind fürs ganze Leben von jemandem, der ihr nie in die Augen sah. Ganz zufrieden manchmal trotz der sich rötenden Haut, dem zergehenden Gesicht, bis auf den Sohn, der taumelt, der fängt sich noch, das denkt sie bis heute, die Beine etwas angeschwollen, die Hüfte schon plump. Vielleicht ginge es besser, wenn nicht manchmal im Traum der helle Trug sie befiele, als wär's eben erst gewesen, daß sie ganz unbesorgt, schlank und mit der Zukunft spielend angefangen hat. Diese täuschende Entrückung in den jungen Leib, den makellosen Teint, die schnellen Beine …

Zum Dienst unterwegs auf einer Promenade entlang der Meeresküste die Verhüllte, von Regen, Gischt und Sturm begeifert und begrapscht. Auf dem Weg ins Büro läßt sie sich striemen, packen, stoßen wie von gewalttätigen Freiern. Sturm ist Wut und nichts als Wut. Die Eiche wird gezaust; Blätterbüschel, aus ihrem Haupt gerissen, schlagen der Frau gegen die Stirn. Ihre Gedanken aber halten fest an einem Telefonat, das ihr bevorsteht im Büro. Für das sie Fragen und Forderungen sammelt, während sich das Unwetter über sie hermacht, sie schleudert, reißt und demütigt. Gut geschnürt wie das Wäschepaket einer Mutter an die ferne Tochter, so hält sie stand, fest gewickelt in Widerstand und den Willen, sich nicht umwerfen, nicht mißbrauchen zu lassen von einem auf Erniedrigung alles Aufrechten versessenen Sturm.

An der vielmals Zurückgesetzten, Pechmamsell, bleibt immer etwas hängen, ebenso wie sie selbst überall an etwas hängenbleibt. Keine Schlaufe am Kleid, kein Aufschlag am Ärmel, die sich nicht an einer Türklinke verfangen! Sie verliert ihre Spiele, eins nach dem anderen – und in unseren Augen verliert sie dabei Zug um Zug auch an Balance und Geschicklichkeit. Ihr Mißgeschick ärgert uns, ihre wohlwollenden Begleiter, so daß wir sie schließlich selbst für verantwortlich halten für das viele Widrige, das ihr von außen, scheinbar nur von außen, zustößt. Oder gar: das andere ihr, in den Bannkreis ihres Mißglücken-Verfehlen-Entgleitens gezogen, eigens zufügen. Wir als ihre Begleiter erwarten, daß ihr das Bewußtsein fürs ewige Pech nicht schwindet. Daß sie nicht Zuflucht bei falschen Tröstungen und Ausreden sucht. Wir erwarten hingegen, daß dieses ihr Aus- wie Ansehen ramponierende Fehlgehen von allem, was sie beginnt, schließlich das Rechte und Richtige, das jeder Person innewohnt, auf den Plan ruft. Und daß es einen Sieg über die Ungeschicke herbeiführt, welche die Oberfläche der Person beherrschen. Auch hoffen wir, daß dann wieder etwas Anmut in sie zurückkehrt. Mir geht alles schief, so müßte ihr ungeschöntes Bekenntnis lauten, aber dies Übermaß an Mißlichkeiten geht nicht auf mein persönliches Verschulden zurück. Es bestärkt mich im Gegenteil in meiner Unschuld, es erweckt ein neues Selbstvertrauen und läßt mich erhobenen Haupts an mein Schicksal die Frage richten: Wohin soll das führen?

Die Sitzende. Einmal im hohen Ohrensessel. Einmal auf einem Fußschemel. Einmal im Bürostuhl. Allein auf der Chaiselongue. Allein auf der Parkbank. Allein auf dem Brunnenrand. Allein auf dem Meilenstein. Allein auf dem Treppenabsatz. Was denn sonst, als daß sie ihr Leben von Sitz zu Sitz verbringt?
Um irgendwann sitzen zu *bleiben*. Zu enden in der Ecke eines allseits unzugänglichen Raums. Auf einem Hocker, der eckig die Ecke füllt. Über ihr hoch in der Wand: ein Loch mit Lüfterflügel. Von dort dringt ein: die geliebte Stimme! Lüfterflügel zerstückeln sie. Geliebte Stimme. Verwirbeln die Fetzen. Alle erdenklichen Grauen. Schlimmer als erdenklich ist nichts. Am Furchtbaren ist das Furchtbarste, daß es eintritt wie ausgemalt und vorgesehen. Es bleibt nur die Frist des Vergessens bis zu dem Augenblick, da es hart an die Tür pocht.

Sie weint mit offenen Augen – nicht vor Glück, noch weniger vor Unglück, sondern jeweils bei tieferer Übereinstimmung mit einem anderen Menschen. Die Tränen stehen im Stau, sie warten darauf zu fließen; doch gab es bisher weder bittere Verzweiflung noch eine höhere Wonne, die ihren ungehemmten Lauf ausgelöst hätten. Hingegen schwillt der Tropfen unter dem Lid, sobald sie *Harmonie* (ihr Wort) mit einem Mann erreicht. In Übereinstimmung gerät. Mit seiner

Meinung, seinem Gesicht, seinem Charakter – schon rinnen die Tränen.

Mir fällt auf, wer neben mir geht, durch den Wald, am Ufer eines Sees, strebt zum nächsten Imbißstand, zur Baude oder Gaststätte und stürzt, als lechze er seit Wochen danach, drei oder vier Schnäpse nacheinander in seinen Mund, den er in die Luft hebt wie zum Jaulen der Hund. Schnell betrinken sich die Menschen, als überfiele sie an meiner Seite ein Gefühl von abgründiger Leere, das sie zu betäuben hoffen. Gut, vorher singen sie, fast jeder, ihre Weltweise, singen ihr immergleiches Lied: Die Welt liegt in den letzten Zügen. Dagegen festigen sich meine eigenen Anschauungen, und ich vertrete sie mit Ruhe und Gelassenheit. Vielleicht sogar mit einem Anflug von Unerschrockenheit, die auf andere bereits wie ein Angriff oder wie eine Bedrohung ihrer düsteren Seelenlage wirkt und so, als verdürbe ich ihnen die Untergangsstimmung. Dabei verfolge ich keine Mission und versende keinerlei Botschaft. Ich nehme mir lediglich ein offenes Nein heraus, wenn sie mich fragen, ob ich nicht auch, was sie für selbstverständlich halten, ihrer Meinung sei. Diese kleinen Laute der Entschiedenheit knallen wie Schüsse in ihren Ohren, die sie dann in die Flucht treiben, und sie fliehen zum Alkohol.
Also – sie betrinken sich, um mich zu vergessen inmitten

meiner Anwesenheit. Was habe ich an mir, daß Männer sich vor mir betäuben müssen, ohne doch endgültig mich fliehen zu können? Würden sie sich etwa nicht betrinken, wenn ich ihnen die Mitverzweifelte böte? Wäre alles anders, wenn wir in Nüchternheit gemeinsam schwarzsähen? Ist es etwa dieses Übereinstimmen, das ich ihnen vorenthalte, worauf sie neben mir in schroffe Einsamkeit verfallen beim Spazierengehen?
Man kann mir vorwerfen, ich hätte in jedem einzelnen immer die Gesellschaft aller gesucht. In jedem einzelnen Menschen *die* Menschen an sich; das Tor zur Welt. Aber es ist mir bei keinem gelungen. Ein gewisses Maß an Geselligkeit muß eine Frau doch besitzen, sonst bleibt sie an einem einzelnen hängen. Oder findet aus dem einzelnen nicht mehr heraus. Natürlich kommt keine ohne den einzelnen aus, da dieser ihr vielleicht Zuflucht gewährt vor all den anderen, mit denen sie nicht zurechtkommt. Folglich wird er in erster Linie eine Zuflucht sein und nicht unbedingt der Liebste und Beste unter allen möglichen.

Wenn ihr jemand etwas zum Lachen erzählte, zeigte sie nur ein mageres Lächeln, als lenkte sie die Frage nach dem Motiv ab, weshalb der Mann ausgerechnet ihr etwas zum Lachen und dazu in einer Form zu erzählen wagte, die wie ein feststehender

Witz unterschiedslos jedermann zum Lachen reizen könnte. Wie es ihm überhaupt in den Sinn käme, in ihrer Gegenwart etwas zum besten zu geben, das nicht ausschließlich zu ihrer, sondern ebensogut zur Unterhaltung einer ganzen Tischgesellschaft geeignet war? Verbiestert forschte sie nach seinem Motiv und überhörte darüber natürlich die feinere Anspielung auf ihren Lach-Geiz, die er in seinem Scherz versteckt hatte.

»Wie enttäuscht ich damals war, als er sich abkehrte von mir und auf seiner Arbeit auswärts eine andere fand. Wir waren doch so gut zusammen und wollten einander. Ich war wie vor den Kopf gestoßen, als ich eines Tages spürte, da gibt es eine andere. Warum werde ich auf einmal mißachtet? Warum ist jetzt alles schlecht an mir? Was wird aus meinen Gefühlen! Und so schnell geht das. Eine verstoßene Frau, ohne daß man etwas dafür getan hat. Oder kann. Wie wertlos man sich plötzlich fühlt und in allem an sich zweifelt. Nur weil ein ganz naher Mensch einen aus nächster Nähe so verletzt. Ja, ich denke manchmal daran, wie ich damals die Verstoßene war, mein Stolz gebrochen. Ich denke an den Dreck und daran, was alles zum Vorschein kam, als wir auseinanderfielen, den Dreck der Liebe, den wir beide hinterließen.«

Aufruhr, Schmerz und Schrei einer Frau, die einer jüngeren weichen muß in der Ehe mit einem Ungerechten. Es gibt Augenblicke, in denen die Milderungen und Abschwächungen, die liberalen Sicherungen unserer Moral plötzlich aussetzen, Augenblicke, in denen alles dafür spricht, daß das Töten einer Liebe jetzt wie vorzeiten durch Vergeltung bestraft gehört. Und selbst dort, wo der Angeklagte (oder die Angeklagte), *zur Rede gestellt,* die moderne Verglimpflichungstechnik des weich-rationalen Menschen anwendet, das Sich-Herausreden, verraten die hastigen Beteuerungen die Furcht vor der tödlichen Bedrohung, die aus der Leere der Worte aufsteigt. Wie es aber der Alltag will, verkleinert die anfangs Vergeltungssüchtige für sich die Erschütterung auf ein gerade noch zur Mitteilung geeignetes Format. Bei jeder Gelegenheit äußert sie sich zur Sache ihrer Demütigung, teilt sich mit, ja hält die Verkleinerung des Formats sogar für eine Therapie. Auch die hiesige Verdammnis, die Verlassensein heißt, richtet ihren Alltag ein. Er zeigt sich vielleicht am eindrücklichsten in den vielen überflüssigen und verlegenen Beschäftigungen, denen die Verlassene Stunde um Stunde nachgeht. Und seltsam, mit der Zeit kommt auch die aufklarende Schönheit der von Qualen Zerbissenen zum Vorschein.

La amargura mia – *die meine Bitterkeit … Lesen Sie Machado, lieber Nachwuchs? Oft kreuzen vor mir Figuren auf, die mir wohlgesinnt Stoff anbieten und vielleicht gern für eine Weile mit mir durch dick und dünn gingen. Doch ich finde für sie kein episches Ziel. Stochere oft in Menschen herum, lustlos wie in ungemochten Speisen. Die Aussaat betulicher Einzelheiten läßt keinen Roman aufwachsen. Er will aus einem Wurf sein und will hinaus ins Weite, sonst hieße er nicht so … Doch fehlen mir die feinen Worte für die fernen Orte.*

Man bedenke die zarte und auch verzweifelte Abhängigkeit der Journalistin Anita Keul von dem jungen Mann, der sie in EDV-Fragen berät und ihr häufig zu Hilfe kommt. Pawel ist ein bescheidener, stiller Mann, ein sorgfältiger Techniker, der ihr vor Jahren eine ISDN- durch eine WLAN-Anlage ersetzt hatte. Er machte das für zahlreiche städtische Einrichtungen, war auf Digitalisierung von Bibliotheken spezialisiert. Nachts um halb zwölf, nachdem sie alles versucht hatte und endgültig feststand, daß sie keine E-Mails mehr empfangen konnte, aus welchen Gründen auch immer, denn ins Netz kam sie ja, rief sie Pawel an, bereit, sich das Äußerste an Verzweiflung abzuverlangen, das sie ihm vorführen konnte.

Am Apparat ist aber Pawels junge Frau mit dem Kleinen im Arm, der schreit und den sie beim Telefonieren zu be-

ruhigen sucht. Anita fällt an der Stimme sogleich auf, daß die Freundlichkeit der jungen Mutter gespielt ist oder gar spielerisch eingesetzt wird. Die Journalistin spricht zu der Frau ihres Dienstleisters genauso hilfeflehend wie sonst zu ihm selbst. Die junge Mutter scherzt aber mit ihr, ein wenig linkisch und mit etwas boshafter Zunge. Sie spricht redselig mit der Kundin ihres Mannes und sagt, daß es ihr guttue, endlich einmal mit ihrer *Nebenbuhlerin* verbunden zu sein. Anita stutzt und schweigt. Das Wort verwirrt sie. Dann beruhigt sie die Vermutung, die junge Frau habe das altmodische Wort verwendet, ohne recht zu wissen, was es bedeutet. Aber was sollte es nach ihrem Gebrauch anderes bedeuten? Anita versagt es sich, nachzufragen. Das Wort hat unversehens etwas in ihr geweckt, das in ruhigem, besser gesagt: in unruhigem Schlummer lag. Die junge Mutter sagt: »Er ist noch ein Bier trinken. Er ruft gleich zurück, wenn's dringend ist. Du kannst ihn auch über Handy erreichen.«
Auch das Du erschreckt sie – es kommt gleichsam aus einer längeren Geschichte, die sie nicht kennt und in der sie eigentlich nicht vorkommt. An der sie bis jetzt nicht beteiligt war. Sie dankt und verabschiedet sich. Könnte es sein, daß eine simple Verwechslung vorliegt und für den sonderbaren und falschen Zungenschlag verantwortlich ist? Aber sie hatte ihren Namen deutlich genannt am Anfang des Gesprächs. Sie rief den EDV-Mann nicht über das Handy an und nahm auch seinen Rückruf nachts um kurz nach eins nicht entgegen.

Am nächsten Morgen wußte sie, daß die junge Mutter das richtige Wort gewählt und sie nicht verwechselt hatte. Was aus der Luft gegriffen schien, hatte tatsächlich seit längerem in der Luft gelegen. Es fiel ihr ein, daß es bei einem seiner letzten Besuche eine beiläufige und eigentlich bedeutungslose Berührung zwischen ihr und dem Dienstleister gegeben hatte. Sie erinnerte sich, daß sie ihm mehrmals, während er vor ihrem Laptop saß und arbeitete, bei einer ihrer Fragen oder hilfesuchenden Nachfragen die rechte Hand auf den Unterarm gelegt hatte. Sie hatte ihn berührt, scheinbar beiläufig, aber vermutlich nur scheinbar. Kaum war der Tag begonnen, verschwand der letzte Zweifel, und sie war in ihn verliebt. Aber erst das falsch oder unverständig gewählte Wort »Nebenbuhlerin« hatte ihr das Verliebtsein eingeträufelt.
Tatsächlich kam es in der Folge zu häufigeren Besuchen des Technikers und schließlich zu einer glücklichen Affäre zwischen ihm und der Journalistin. Im Verlauf ihrer nervösen Unterhaltungen sprach der Mann auch über seine häusliche Lage und seine Frau, die sich seit der Geburt des Sohns immer mehr von ihm abgewandt habe. In seinem *Ungemach* – noch ein ausrangiertes Wort! – habe er dann eine Liebschaft mit ihr, der Journalistin, seiner treuen Kundin, frei erfunden, die er allerdings seit längerem in sich vorausgefühlt, wenn auch nicht wirklich betrieben habe. In seinem *Ungemach* wollte er sie eifersüchtig machen und hoffte, daß sie vor Eifersucht wieder nach ihm greife, ihn festhalten wolle. Aber seine Frau be-

sitze unterdessen dies ihm rästelhafte spielerische Wesen, wie er es vor der Geburt des Kleinen niemals an ihr bemerkt habe. All die von ihm geschilderten Einzelheiten der vorgetäuschten Affäre – die ziemlich genau denen entsprachen, die sie nun tatsächlich durchlebten – dienten lediglich zur Befriedigung ihrer Neugier.
Die Journalistin wollte wissen, ob er tatsächlich in sie verliebt sei. Oder ob er mit ihr nur das, was er einst für seine Frau in egoistischer Absicht erfunden, aber damit insgeheim heraufbeschworen habe, nun lediglich *abarbeite* – ihr Wort! – oder ob er ganz ohne weitere Absicht nur sie meine. Mit anderen Worten: ob zwischen ihnen mehr als nur die nachgespielte Vortäuschung geschehe?
Der Techniker antwortete: Da die Liebschaft seinerzeit von ihm nur erfunden worden sei, um die Eifersucht seiner Frau zu erregen, das Ziel aber mit diesem Mittel nicht erreicht worden sei, könne jetzt zwischen ihnen von irgendeiner Täuschung oder Vortäuschung nicht mehr die Rede sein. Jetzt gehe es nur noch um aufrichtige Leidenschaft. Unvorsichtig fügte er hinzu: Denn nur eine solch aufrichtige Leidenschaft könnte am Ende seine Frau zur Besinnung bringen!
Nun war es an Anita, sich über ihn lustig zu machen, aber sie verkniff sich den bitteren Scherz.
Schließlich war ihr von der jungen Mutter das süße Gift »Affäre« eingeträufelt worden und nicht etwa: große Liebe. Folglich war sie geworden, wie sie von ihr genannt worden war, nicht mehr und nicht weniger als die (nicht

besonders anspruchsvolle) *Nebenbuhlerin*. So befanden sich eigentlich alle drei, nicht zuletzt dank der Wirkung der von ihnen bevorzugten Worte, in feiner Abstimmung miteinander. Vorausgesetzt, die Balance würde nicht einseitig belastet, konnte alles so bleiben, wie es war.

Er brachte seiner Freundin die Nachricht, daß ein junger Mann aus einer sich auflösenden Schauspieler-Truppe sie liebe. Er brachte dem jungen unbekannten Schauspieler die Nachricht, daß seine Freundin verliebt in ihn sei. Da staunten beide, denn sie waren sich schon öfter begegnet und keiner hielt sich für verliebt in den anderen. Erst die Geständnisse, die der Mittler ihr wie ihm hintertrug, öffneten ihnen die Augen füreinander, und binnen kurzem schufen seine Worte genau die Tatsache, die sie erfunden hatten.

Nicola! Er freute sich seit Schultagen an ihrer so früh schon fülligen Figur, schwarz die Augen, das Haar, aber jetzt erst, endlich in seinen Armen, so spät erst war die Rundliche ganz für ihn da. So fühlte sich Nicola an! Die er immer gesucht hatte, durch so viele Frauen hindurch, und die er nie zu fassen bekam in der frühen Zeit.

Auf einmal entwand sie sich und mußte ins gegenüberliegende Haus zurück. Er beobachtete durchs Fenster, wie sie hinüberlief, schnell, jetzt wieder ein Mädchen, das sich mit Küssen von der Mutter verabschiedete. Vor dieser grünlichen Villa mit in Marmor gefaßtem Portikus hatte er, wer weiß wie oft in seinem Leben, gestanden und auf sie gewartet. Hin und wieder sogar in derselben Gruppe von Mitschülern, die zu seinem Ärger ihre eigenen Erfahrungen mit Nicola zum besten gaben. Doch kaum sah er sie von weitem, wurde mit einem Schlag jedes Gerücht unglaubhaft, und er spürte winzige Entladungen von Glück in den Adern.

Sie ist schön, er liebt ihre feinfühlige, verträumte, scheue Aufmerksamkeit. Wie leicht sie stutzig zu machen ist! Und wie tief sie sich wundern kann über die ein oder andere seiner Redewendungen, bei denen sich sonst niemand aufhält. Es war für ihn immer verführerisch, wie sie geringste Impulse seiner Worte, noch bevor sie geäußert waren, empfing und ihnen entsprach, mit einem hübschen Vergleich oder nur mit einem Lachen oder irgendeiner Bemerkung, die ihn aufhorchen ließ. Er liebt ihre lokalhistorischen Porträts, ihre Vorträge und die Zeitungsartikel über ihre Landschaft, ihre Gegend, ihr Elternhaus, die vielen Berühmten, die sie dort getroffen hat als junges Mädchen.

Die Hirten einst auf dem Feld hatten Halluzinationen. Einsamkeit führt zu trughafter Realitätswahrnehmung. Ihm indessen gerieten die gelebten Zeiten aus der Ordnung. Er fragte sich, wie es sein könne, daß man seit langem mit einer Frau die Wohnung teilt und gleichzeitig fest in dem Bewußtsein lebt, sie stünde einem hoffentlich noch bevor.

Das Kind streicht über das lange Haar des Vaters, das auf gebeugte Schultern fällt. Das Kind mit kleiner Hand wächst tröstend auf, tröstend wird es zum Mann. Vaters Haare sind schmutzig grau und glatt wie ein Tuch.

Eine singt, doch so, daß es wie Verklungenes klingt. Sie hat also versucht, ihm etwas vorzusingen. Sie sprang nicht nur über ihren Schatten, sondern herüber aus dem Schattenreich und sang, um einen zu Tode Betrübten umzustimmen. Wenigstens ihr Sprung mußte ihn zum Lachen bringen.

Nur flüchtig streifen – einen Gegenstand oder eine Sorge; es gerade so eben erwähnen, wie die Schwalbe im Flug am See nippt; mit flüchtigen, immer fluchtbereiten Gedanken und stets um des Streifens und Gestreiftwerdens unterwegs; ne touche pas les secrets, effleure leur peau! *Zwei streifen sich nur; warum sagen sie nicht: wir effleurieren?* »Effleurer«, *das schöne französische Wort für sacht berühren wie eine Blume im Vorübergehen. Nur leicht gestreift, nur beiläufig sei's erwähnt.*

Sie gab ihm einen Kuß im Vorübergehen. Zwar auf die Lippen, doch es hieß: Schweigen wir über alles weitere. Dieser Kuß ließ ihn wissen, daß sie nicht mit dem Feuer spielen wollte. Doch verstand er's anders nach seinem Verständnis.
Sie verspürte nicht einen Hauch von Versuchung zu einem solchen Spiel, spürte aber, daß er davon überzeugt war, sie befinde sich in derselben Gefahr, der er bereits erlegen war. Sie war jedoch die Souveräne der Gleichgültigkeit und drückte deren kaltes Mal auf seinen Mund.

Ein erregter Mann reißt die Tür auf und ruft, wie eigentlich der im Zimmer Überraschte hätte rufen müßen: »Was ist denn jetzt passiert?!«
Ruf aus Verwirrung, der Verwirrung stiftet. Es scheint, als nehme der Türaufreißer dem, der auf sein Türaufreißen reagiert, das Wort aus dem Mund. Oder äffe ihn nach im vorhinein. Oder irgendetwas, das gerade hinter ihm liegt, veranlaßt den Türaufreißer zu einer lauten rhetori-

schen Frage an sein Schicksal, die er in höchster Erregung hervorstößt. »Was ist denn jetzt passiert?!« Etwas geschah aus heiterem Himmel – mit verfluchter Wirkung. Ein Vorgesetzter hat ihn gemaßregelt. Den Abschied gab ihm seine Frau. Ein lange schwelendes Mißverständnis unter treuen Freunden gelangte zum Eklat.

Der zunehmende Mensch, den das Kind verbirgt in seinen dünnen Ärmchen, verlangt zuerst nach Unsinn, dann nach Träumen, dann nach Morgen, viel mehr Morgen und nach dem Tau frischer Vernunft. Oder sind es bereits die Schweißperlen beim Warten auf Verzeihung, die einer Geliebten schwerfällt, die er betrog? Kaum zu unterscheiden von den Freudentränen beim Anblick der nächsten, die er umfaßt und vom Boden aufhebt. Doch mit den Jahren zieht es ihn zum sicheren Platz hinter einem Fenster. Erst hinter Fenstern mit schmiedeeiserner Bewehrung kommt er zur Ruhe.
Am Ende aller Gemeinsamkeiten siedelt der Witwer am Rand des Bregenzer Walds, sitzt auf seinem verfallenen Hof dicht bei einem alten Fenster, das von gewölbten Eisenstäben eingefaßt wird. Gegen Mittag schlurft er einen halben Kilometer weit über die Landstraße zu einem Gasthaus im Dorf. Dort sitzt er am Tisch vor einem Fenster, welches ähnlich gewölbte Gitterstäbe vor sich hat wie das bevorzugte in seiner Stube. Man möchte meinen,

er suche seinen Platz ausschließlich hinter geschmiedeten Fensterkörben und riskiere, wo auch immer, einen Blick nach draußen überhaupt nur durch ein altertümliches Schutz- und Trutzgerüst.

Die Gefrierpunkte ihrer Liebe, Kälte und Glanz des gegenseitigen Anstarrens, glitzerten später wie Sterne, die die Entzweiten nach vielen Jahren wieder zueinanderfinden ließen. Die Fünfundsiebzigjährige, die er vor vierzig Jahren seine Braut genannt hatte, ihm geistesverwandt wie keine zweite, von der er aber im Verlauf einer unversöhnlichen Auseinandersetzung sich trennte, trennen mußte, wie er glaubte, um in der Sache allein weiterzukommen, ungestört und unangefochten ... Nun beginnen sie noch einmal, beide mit etwas zittrigen Händen, und es sind seine Hände, die sich beschwichtigend auf ihren Unterarm legen am Ende der erregten Begegnung und die sie, wiederum unversöhnt, von ihrem Arm nimmt und ihm zurückgibt, still und mit trauriger Entschlossenheit: die alten Hände, die er wieder zu sich nimmt und mit gekrümmten Fingerkuppen an die Tischkante hängt. Sie sagt: »Ich habe alles aufbewahrt. Wenn etwas in der Zeitung stand, etwas Neues zu unserem Thema, das uns damals entzweite.«

Im täglichen Umgang mit seiner Frau gibt er sich kühl, zerstreut, uninteressiert, spröde und abgelenkt. Alles, was er ihr am Tag von sich nicht zeigen konnte, vertraut er spätabends seinem Tagebuch an. Dort gesteht er seine ihr immer verheimlichte Liebe: »Dein Mann – und sein aufgespartes Herz! Heute wieder zwang ihn ein Dämon, sich von seiner übelsten Seite zu zeigen. So kalt und lieblos verhielt er sich noch nie zu Dir. Ach, wüßte ich doch und könnte es Dir erklären, weshalb ich wieder so unverträglich war! Ich kann es Dir aber nicht erklären, weshalb ich oft fürchterlich sein muß, sobald Du mich anblickst, sobald Du nur anwesend bist. Ich benutze dies Tagebuch, um Dir zu sagen, was ich Dir im Leben nicht sagen konnte. Nach meinem Weggang, wenn Du diese Aufzeichnungen liest, wirst Du wissen, wie tief und unverbrüchlich meine Liebe zu Dir war.«
Das Fürchterliche aber siegt. Seine Frau kommt bei einem Unfall ums Leben. Sie stirbt vor ihm, ohne je von seiner verheimlichten Liebe und seinem Geständnis erfahren zu haben. Ihr ein Leben der Versagung zugemutet, das Wichtigste ihr nicht bekannt zu haben bis zuletzt, das geht nun über seine Gewissenskräfte. Er krümmt sich betäubt in eine Kuhle am Strand, bis die Flut ihn ins Meer spült.

Die Bakche ist die Frau, die dem Orpheus Zerreißung bringen wird. Sie schwebt ihm schon vor Augen im selben Augenblick, da er sich umwendet und die zurückweichende Eurydike erblickt. (In Paveses *Gespräche mit Leuko* heißt es: »Da sagte ich, ›es sei zu Ende‹, und wandte mich um. Eurydike verschwand, wie eine Kerze verlischt. Ich vernahm nur ein Rascheln, wie von einer Maus, die sich rettet.«)
Die Bakche ist die Frau des Fleisches und vom Geist des Fleisches und der vollkommenen Einkehr in das Fleisch. Nüchtern wagten die thrakischen Frauen nicht, den Sänger zu ergreifen. Sie betranken sich und kamen bewaffnet mit Speeren und Steinen, um den zarten Mann zu zerstören. Sie schlugen Orpheus den Kopf ab und nagelten ihn auf seine Lyra. Diesen Rest warfen sie ins Meer, doch der Kopf trieb singend auf den Wellen, die Leier verstummte nicht.

Schonende Liebe meidet die Ekstase. Sie unterdrückt die Lohe, läßt dafür die Glut länger schwelen. Und sie schwelt zuweilen noch, wenn sonst in einem Menschen alles Entflammbare längst verraucht ist.
Aber wie findet der Sänger zu den vielen Menschen zurück, den Voraussetzungsfreien, die ihm lauschen wollen? Die in Vestibülen durcheinanderlaufen, niemals in ein und dieselbe Richtung streben. Alle kommen sie vorbei an dem alten Portier oder Doorman, im Durchgang zum lauschigen Innenhof, vor dem er in grasgrüner Li-

vree seinen Dienst tut. Auf seinem Zwetschgenkopf sitzt ein zu großer Zylinder, den die abstehenden Ohren halten. Berühmt dafür, daß er jede Melodie, die ein *voraussetzungsfrei* das Treppenhaus hinunterperlender Mensch vor sich hin summt, beim beschwingten Durchqueren der Halle undeutlich oder tonlos pfeift, sofort erkennt, in sichere Töne überträgt und korrekt zu Ende pfeift, zu Ende summt oder im leisen Singsang mit vollständigem Text wiedergibt.

So tritt denn auch der Versehrte des Gesangs durch das »hallende Tor«, nimmt den Durchgang in den Innenhof vorbei am Doorman, und unwillkürlich summt er ein wenig »Ach, ich habe sie verloren«, die Arie, mit der er sich stereotyp zu erkennen gibt, oft eher zerstreut und unbewußt. Und der Melodien-Reparateur macht einen kleinen verächtlichen Kickser – im Sinne von: Ach Gottchen! Wie rührend! Und übernimmt dann gepfiffen die ganze Arie.

Da drängt es den Sänger, dem Pförtner etwas zu sagen, das er nicht wissen kann. Doch seine Sprache, die ihm zerstückelt aus der Kehle steigt, erfüllt den Wachmann mit Schrecken, und er übernimmt und ergänzt nichts mehr.

Er stach sie nieder auf offener Straße. Dort, wo es am zivilsten zugeht: Jeder streift, ohne anzuecken, am anderen vorbei, verfolgt seinen Weg, kommt niemandem in die Quere. Es geschieht meist nichts, was ihn aufhielte. Eher selten passiert etwas Verbotenes unter aller Augen. Das geringste Unpassende, ein Ehestreit, wird auf offener Straße zum Skandal. Derselbe Streit in den eigenen vier Wänden – nichts Unpassendes daran.

Auf offener Straße sollte kein Hindernis den Strom der Passanten aufhalten. Kein Bettler sitzt mitten auf dem Bürgersteig, sondern an seinem Rand, am Ufer. Die Mitte des Bürgersteigs ist reserviert für den Strom. Der Strom wird unterbrochen, staut sich, eine Runde von Stehenbleibenden umgibt das Opfer am Boden, ein Zwischenfall hat sich ereignet, ein Gewaltakt schlug einen Krater in den Alltag. Über jedem von uns kreisen die Sphären-Brocken, und manchmal stürzt einer in die gewöhnlichste Stunde, das Jähe geschieht, ein Zwischenfall hat sich ereignet.

Der Alltag, Alltag alle Tage. Welch eine Gewalt, welch kritische Masse! Etwas, worüber man den Verstand verlieren könnte. Man wird es nie begreifen. Alltag läßt irgendwann nichts Unalltägliches mehr zu. Er ist das Vernichtendste und das Heilsamste, das dem Zeitfresser Mensch geboten wird.

Lust entstellte ihre Züge nicht, verbog nicht ihre Figur. Ihre Schönheit blieb immer die der aufrechten Gestalt, bild-schön. So erreichte sie eine Art vestalischer Unbeugsamkeit selbst in der sexuellen Verausgabung. Als sie eines Tages wieder ging, ließ sie ihm ihre Gegenwart zurück, unauslöschlich. Die zu ihm sprechende, ihn rufende, ihn erforschende Schönheit verließ ihn nicht. Die nie ganz Eroberte, die sein Leben beschien und beschattete, verfolgte noch den krummen Einsamen, der er am Ende war – jemand, der ihr Geflüster, den Ansporn zur Lust aus jeder Ecke vernahm, doch auf quälende Weise nicht wußte, wohin, so angespornt, sich wenden.

Vorauseilende Revanche. Die noch nicht Beschuldigte kommt dem, der sie sogleich beschuldigen wird, die Nacht mit einem anderen verbracht zu haben, zuvor. Sie zettelt einen Streit an über die Mietrückstände, die allein er zu verantworten hat. Aufgebrachter als dem Gegenstand angemessen, herrscht und klagt sie ihn an, allein zu dem Zweck, seinen sich anbahnenden Vorwürfen den Wind aus den Segeln zu nehmen. Fassungslos, als ginge es um *seine* Untreue, beschwert sie sich über sein nachlässiges Verhalten, das unweigerlich zu ihrer beider Kündigung führen werde.
Er muß nun aus dem Stand parieren, und seine Verteidi-

gung enthält, ebenfalls leidenschaftlich gebrüllt, bereits die ganze Verve der Empörung, die eigentlich zu der noch immer ausstehenden Beschuldigung gehört.

Seine Frau: Ich hatte dir im vergangenen Jahr diesen Brieföffner geschenkt, vorne die Klinge Sterlingsilber, hinten der Lederknauf als Handgriff. Ganz stilettförmig vorn und hinten etwas plump, ein kolbenartiger Knauf, massiv, so daß man das Ding vorne als Brieföffner und hinten als Briefbeschwerer benutzen konnte oder könnte. Ich weiß nicht, hast du überhaupt etwas angefangen mit meinem Geschenk, Liebling?
Der Mann: O ja, es ist ein eleganter, schöner Gegenstand. Schön anzufassen, schön anzusehen.
Seine Frau: Aber nicht zu gebrauchen.
Der Mann: Doch. Wenn man genügend Briefe bekommt. Ich meine, wenn man täglich eine gewisse Menge Post empfängt, die vorsichtig zu öffnen sich lohnt. Dann setzt man sich an seinen Platz, immer denselben Platz, so ist es doch meistens, und da liegt dann auch ein Brieföffner. Damit schlitzt man die Briefe einen nach dem anderen auf. Aber ich – ich bekomme Post ausschließlich von Versicherungen. Die öffne ich mit dem Daumen, Daumennagel und Daumen. Bereits auf der Türschwelle öffne ich sie, dafür setze ich mich nicht einmal hin, schon gar nicht an immer denselben Platz, wie man es sonst tut nach ei-

nem Blick auf den Absender, dessen Adresse man sorgfältig schont, wenn man die Spitze des Brieföffners oben im obersten Eck unter die zugeklebte Lasche führt, zwischen Lasche und Umschlag steckt und dann schlitzt und schlitzt, gerade, vorsichtig, aber in einem durch. Meine Post hat durchweg den Absender auf der Vorderseite des Kuverts. Finger rein, aufgestoßen und weg damit! Das ist das tägliche Brot.

Seine Frau: Dann habe ich dir etwas ganz und gar Nutzloses geschenkt!

Der Mann: Etwas Nutzloses? Durchaus nicht. Er liegt zur Zierde auf meinem aufgeräumten, peinlich gesäuberten Tisch, an dem ich mich nicht mehr niederlasse, den ich aber umkreise, den ich belauere wie einen Gegner im Ring. Diese Leere! Diese Aufgeräumtheit, diese angriffslustige Reinheit und Unantastbarkeit! Eines Tages werde ich dort wieder Platz nehmen und Briefe öffnen, Briefe beantworten! ... Warte nur, wenn *es* erst so weit ist ... und der Zusteller bringt mir die sprichwörtlichen Waschkörbe voll Post. Weil *es* so weit ist. Weil ich *es* endlich geschafft habe. Weil die Sache geklappt hat, mein Herz.

Vorerst, so wie ich mich jetzt fühle, um wieder auf dein Geschenk zurückzukommen, verbirgt sich darin ein gewisser Gefahrenherd. Des öfteren schleicht jetzt deine Stiefmutter zum Tisch, nimmt es, dein sauberes Geschenk, in die Hand, setzt die Spitze der Klinge, um eine solche handelt es sich letzten Endes, auf die linke Handfläche und bohrt sie anzüglich ein wenig in die Haut.

Dazu betrachtet sie mich mit einer ungeniert durchblikken lassenden Miene. Sie spielt offensichtlich mit einem fürchterlichen Gedanken. Nun gut, sie spielt, noch spielt sie eben. Aber es ist doch unübersehbar, daß das hübsche Ding in ihrer Hand eine fürchterliche Drohung darstellt, als böte es ihr sozusagen die letzte Chance, mit mir fertigzuwerden. Aber wahrscheinlich ist es nur ein nervöser Tic von ihr, die reine Nervosität, der Gang zum ekelhaft reinen Tisch, der unwillkürliche Griff nach dem blitzenden blendenden Gegenstand, die anzügliche Andeutung eines Stichs ins Innere der Hand – ausgeführt mit deinem wertvollen Geschenk, deinem Brieföffner, nichts von Bedeutung in Wahrheit, aber in der absoluten Leere, die auf dem Tisch, um ihn herum, im ganzen Zimmer, zwischen ihr und mir, in meiner gesamten näheren Umgebung nun einmal herrscht, in der abgründigen Stummheit und rätselhaften Regelmäßigkeit, mit der sie ihre Griffe ausführt, erregt sie bei mir doch ein natürliches Mißtrauen. Angst. Dein Geschenk, und das ist der einzige Grund, weshalb ich bis heute nicht darauf zu sprechen kam und von nun an so bald nicht wieder aufhören werde, darüber zu sprechen: Dein Geschenk ist für mich zu einem Alptraum geworden. Ich weiß, es ist nicht deine Schuld. Nur eines muß ich dir sagen, fürchte ich dir versichern zu müssen: Etwas Nutzloses hast du mir aller bitteren Voraussicht nach wahrhaftig nicht geschenkt!

Auf sieben Stehtische vor einem Imbiß am Stadion stützte sich je ein Mann mit tief gesenktem Kopf. Und weil er ihm schwer und schwerer wurde, legte er ihn schließlich auf den Tisch und umarmte die runde Platte.

Wie man mich demütigt!, dachte zuerst der eine, dann der nächste und darauf, einer nach dem anderen, alle sieben. Wie man einen Mann, der bloß sein Glück sucht, aus dem Schwimmbad, dem Bett, dem Verein, der geschlossenen Gesellschaft, dem Schuhgeschäft etc. hinausweist oder hinauskomplimentiert, wo er doch kein Bettler, kein Hungerleider, nicht einmal mehr ein Liebeshungerleider ist.

Allerdings – einer wie der andere verlor das Gefühl für sein gegenwärtiges Alter, sobald er sich heiß genug gedemütigt fühlte. Denn Demütigungen kennt man am besten aus seiner Jugend. Gedemütigt war er unversehens wieder der ungeschickte Lehrling. Wieder der getadelte Schüler. Wieder der kälbische Verpfuscher der ersten Liebesnacht.

»So wie diesem König Johann auf unserem Wandteppich hier«, sagte der Schloßführer und schmunzelte beziehungsreich wie immer an dieser Stelle, »mag es bis auf den heutigen Tag so manchem von uns Männern ergangen sein.«

»Soll das eine Anspielung auf mich sein?« fragte aus der Gruppe der Geführten ein kleiner gedrungener Mann mit hängenden Schultern. »Ich kann Ihnen versichern, falls Sie mich gemeint haben, bei mir lief das alles noch weit schlimmer ab als bei König Johann I.«
Und nun beginnt er seine Geschichte, auch dies nicht ihr erster und einmaliger Vortrag, folglich erzählt er geübt und geschickt, so daß die übrigen Besucher sich vom Schloßführer abwenden und seine gebannten Zuhörer werden. Allerdings gerät er gen Ende ins Straucheln und beginnt über die eigenen Worte zu stolpern.
»Ich war da. Ich bin da gewesen. Wir waren zusammen. Sie war siebenundzwanzig, als wir uns begegneten, und seither sind wiederum siebenundzwanzig Jahre vergangen. Sie schenkte mir ihr Geschlechtsleben. Das ist unerträglich gesagt. Als hätte ich es nicht zu würdigen gewußt, das Geschenk. Aber du meinst ja, sagte ich mir, etwas anderes. Du willst sagen: Du *hättest* es leider nicht im vollen Umfang zu würdigen gewußt … Umfang? Was für'n Umfang? … Du *hättest* es leider nicht zu würdigen gewußt. Du brauchst jetzt ein paar Sätze mehr, in deinem Alter, um näher an die Sache (Sachverhalt!) heranzukommen, die dich so sehr beschäftigt. Und du siehst selbst, mit welcher Würde sie es hinnahm. Nämlich daß sie mehr verlangte von dir, mit ihrem Geschenk, als du ihr geben konntest. Auch hier stimmt etwas nicht. Gibt's einen Anschlußfehler beim Sinn und beim Satz. Es hätte noch eines klärenden Zwischensatzes bedurft. Aber was

verfolgten wir überhaupt mit der ganzen Sache? Immer noch verliebt in eine, der ich nach dem Leben trachte … Ich kann nur sagen, daß ich nie aufhörte, sie heimlich zu mustern und mich zu wundern, daß *sie* bei mir blieb, so viele Jahre, Seite an Seite, zwei, einst aus einer losen Verabredung hervorgegangen und dann nie wieder auseinander, sondern weiter und weiter, um irgendwann, alles vergessend und sich selbst zuerst, wie damals mittags zwischen den Trümmern von Messini … Kein weiteres Wort ist darüber zu verlieren. Fast kaum noch Verständigung. Nur diese seitlichen Blicke, die man verstohlen dem anderen widmet. Stille Reserven. Bis zu dem Augenblick, da sich ein letztes Mal meine frommen Hände schließen werden um ihren Schwanenhals. Da ihr die Augen aufgehen werden und, einmal aufgegangen, für immer so stehenbleiben.«
Unterdessen hatten sich seine Zuhörer, die Schloßbesucher, unwillig abgewandt und waren wieder dem Führer gefolgt. Der Erzähler, der sich so verheddert hatte, stand nun allein vor dem Porträt von König Johann I. und unterbreitete ihm das traurige Ende seiner Geschichte.

Plötzlich das Alter erfaßt in der Gestalt eines belanglosen Mannes, versteckt in einer Touristengruppe. In Großaufnahme der knochige Ellbogen, die eingefallene Haut des dünnen Arms. Er hält sich am Geländer fest, steigt hinab in einen Festungsgraben, kurzärmeliges Safarihemd, flacher Sonnenhut mit Krempe, kurze Hosen. Jemand, der eine Pauschalreise nach der anderen bucht. Immer unterwegs, immer der schweigsame Mitläufer in irgendeiner Gruppe. Zwei Jahre zuvor starb seine Frau. Er wiederholt alle Reisen, die er einst mit ihr unternahm. Er reist ihr nach – kommt aber nicht weiter als noch einmal rund um die Erde.

Denken Sie nur: Sie stehen am Ausgang eines endlos verwarteten Nachmittags im August. Ihr festes Herz wird auf dem Streckbett heißer Erwartung in die Länge gezogen. So schmerzlich ist es, daß Sie Hals über Kopf in eines anderen Haut, wahllos anderen, schlüpfen würden, nur um der eigenen gequälten zu entkommen. Jede, weiß Gott jede erinnerte oder auch nur erfundene Gestalt wäre Ihnen recht, um darin für immer zu verschwinden. Um Ihr bisheriges wie von einem Taschendieb im Handumdrehen entwendetes Selbst täte es Ihnen wahrlich nicht leid.

Es kam von ihm in der Regel nur ein schwaches ungläubiges »Meinst du?«. Vorsichtige Frage, schüchterne Hoffnung, leichte Aufhellung; so jedesmal, wenn sie dem Bedrückten eine Sorge zerstreute oder etwas für ihn Günstiges in Aussicht stellte, an das er kaum noch glauben mochte. Dann also sein zaghaftes Mutschöpfen: »Meinst du?«

Es ist die Geliebte selbst, die sich plötzlich aus seinen Armen erhebt und Gericht hält über die beiden, deren Ehe sie zerstörte. Eine junge Frau, eben noch die lüsternste, jetzt eine strafende Torwächterin, die mit dem flammenden Schwert Mann und Frau zusammenscheucht, sie wiedervereint, sie vertreibt von ihrem Ehetrümmergrundstück.
»Ihr werdet euch fügen! Einer zum anderen und wieder eins sein. Fügen, fügen, fügen!«, befiehlt sie, den Körper der Verführerin wie eine Schlangenhaut abstreifend, um aus der Hülle unversehens als Strafengel hervorzutreten, als wäre dies von Anfang an ihre Sendung gewesen. Nun erhebt sie sich von Befehl zu Befehl über zwei, die sie »Frevler« nennt, obgleich sie einzig auf ihr Wirken hin dazu wurden. Erhebt sich von Weisung zu Weisung. Dabei steigen ihr aus der Tiefe des Eifers alte Floskeln in den Mund, die einst Ruf und Macht besaßen, Brocken der rauhen und angsteinflößenden Sprache der Propheten. Sie, neue Führerin in eine Welt des fanatischen Wissens

um Gut und Böse, umkreist das Paar, das sich aufzugeben bereit war; höhnt den Mann, der eben noch an ihrem Leib hing.

»Ich bin es, die dich zurückstieß. Ich, die dich jetzt mit Zorn bespricht, denn ich besitze die Schönheit, die dich kränkt, und die Kraft der Widerrede, die dich kleinlaut werden läßt. Und du wirst mir folgen unter Wimmern und Schnaufen! Denn das Maßlose der Wörter, wie du's kanntest zuvor mit mir, das Maßlose des Tanzes und der Lust, sie vertreibt nun mein lautes Verkünden, und es wird dich gebeugt deinen Weg ziehen lassen. Kein besseres weibliches Wissen gibt es auf Erden als das der Züchtigung und der Verkündigung. Von mir werdet ihr gehen und ihr werdet euch fügen! Gekrümmt schleicht ihr davon, aber Hand in Hand. Ihr geht und werdet euch schämen. Und wenn ihr nicht wollt, so will ich noch lange!«

Dasein heißt keine Rolle spielen, fährt nun der alte Dichter im Ton der Zelotin fort, allerdings leise und deutlich ins Bittere gewendet. Nackt, bedürftig, verirrt und einsam unter gleißender Sonne durch den Staub schleichen, Davonschleichen, des Menschen Los von Anbeginn. Ewig fortgesetzt wird einzig die Vertreibung. Seit dem »schöpfungsdynamischen« Rauswurf des Paars hört das menschliche Sichdavonstehlen nicht auf und nennt sich »Gang der Geschichte«.

Aber die Freuden? Die Freuden sind erfreuliche Luftspiegelungen. Im Hitzeflimmer, der der Erde entströmt, eh sie verdorrt, sehen wir herrliche Wasserfälle. Vortäuschungen zum Hohn der Verdurstenden. Luftspiegelungen schenken uns Augenweiden, zitternd nah. Sich öffnend am Firmament sehen wir kolossale Frauenlippen, gnadenreiche Souffleuse, die den stockenden Mimen und allen Menschen, die einen Hänger haben, zuflüstert, was sie noch sagen sollen!

Aus der Schar geboren, immer in der Schar gelebt, um eines Tages wieder in ihr zu verschwinden. Die Bewegungen, Berührungen, die Anläufe und das Aneinandervorbeistreifen, ab und an der Versuch einer Paarfindung, Männer und Frauen, die sich kurz ansehen, Ja oder Nein rufen, entweder beide Ja oder beide Nein oder im Widerspruch, Ja gegen Nein. Die Läufe, das Sich-Sammeln und Sich-wieder-Öffnen der Zwölf, und die Zwölferschaft hat nun die zwei geboren, zwei beginnen miteinander, wenn überhaupt, dann nur im Kraftfeld der Schar. Zwei können nicht streiten, ohne daß nicht wer von der Seite mitstritte; nicht flüstern, ohne daß nicht die eine oder andere mitflüsternd dabei wäre. Es ist eine Bewegung und eine Strömung, und jeder streift durch den anderen hindurch, ohne eine feste Grenze zu durchstoßen oder sie auch nur zu bemerken, so durchgängig sind sie einander, und schwankend wehen sie wie ein Grasbüschel unter Wasser.

Oder auch: Sie sitzt am runden Tisch mit fünf letzten Epauletten-Trägern, alten Offizieren längst untergegangener Armeen, jeder militärisch eine Mumie, mit altmodischen Barttrachten, und mitten in ihrer Runde diese junge Frau vom Typ der Vollschlanken. Kein Gespräch unter den Alten, bei dem nicht die Blicke auf die stille Sinnliche abschweiften. Oder wenn einer bloß das Glas erhebt, sein Gruß nicht hängenbliebe bei ihr, die niemanden anschaut. Oh, diese unwiderstehliche Anziehung der schweigenden Jugend! Diese Augenergebenheit der Alten!

Plötzlich aber setzt ein Haltloswerden von Stunden, Jahren, Epochen ein. Ein schnelles Rotieren alter Zeit. Die Offiziere klammern sich mit knöchernen Fingern an den Tisch, doch auch er beginnt zu kreisen in sich selbst, Stuhl und Vollschlanke werden zentrifugiert, werden aus der datierbaren Geschichte geschleudert, vom Rand des Tischs in den leeren Raum.

Über die runde Tafel hinaus, weit abgekommen von ihr, Zentrifugenschwung, sitzt die Füllige außerhalb und rafft sich zusammen. Am Tisch, der bald wieder stillsteht, verharren die Männer, vormals Epauletten-Träger, auch sie ihrer Ära entblößt, sitzen neu bebärtet und jung. Fünf Männergesichter, selbstleuchtend. Wie schwacher Lampenschein liegt vor jedem ein Lichtfleck auf dem Tisch. Doch spürt sie viel Unmut von drüben, der sich allein gegen sie richtet. Sie spürt das Zuwidrige in jedem von ihnen. Ich verbleibe besser auf meinem Außenposten, denkt sie. Ich starre, werde kalkweiß bis an die Zungenspitze, starre, bis das richtungsweisende Tattoo auf meiner Haut grell wird, allen auch auf Abstand von drei Metern unübersehbar, brandrot, etwas, das sie mahnen muß. Etwas, das aus dem Unvordenklichen in mir heraufsteigt und Unvordenkliches anzieht. Seht und hört! Die Signale verlassen die Haut …

Eine Burg Magdala war ihr Besitz. Und weil ihr so wohl ist als Sünderin, verlangt sie nach dem Herrn. »Berühre mich nicht!« sagt dann der Auferstandene zu ihr. Zu ihr nun ausgerechnet! Die nichts anderes kennt als Umarmung, Körpernähe, Anfassen und Küssen. Auch in seiner Nähe blieb sie eine lustwarme Person. Obgleich ihr nichts weiter verstattet war, als dem Herrn mit ihrem duftenden Haar den Staub von den Füßen zu wischen. Männer, Frauen haben »Nichtswürdige!« ihr zugerufen. Wie ein Kreisel, gepeitscht von schlimmen Zurufen, tanzte sie und trudelte abwärts, tiefer und tiefer. Eine, die ihr Getretenwerden buchstäblich auf sich zog, denn auf ihrem Körper waren überall Fußabdrücke vorgeprägt, die nach hineinpassenden Tritten verlangten.

Satz für Satz, sagt sie, bin ich das nachträgliche Verstehen von Worten, die frühere Frauen deutlich aussprachen, die aber ungehört verhallten. Worte, die bis heute durch die Zeiten geistern auf der Suche nach einem sie wiederholenden Mund. Und sie werden nicht verhallen, ehe sie ihn gefunden haben. Aber die Nachträglichkeit – eine Hoffnung?

Ich bin überzeugt, daß alles, was ist, nachträglich ist, zu spät kommt, wenn es kommt.

Doch nun beherrscht mich die Stille, und ich will nicht so tun, als wäre ich noch mitten unter den Männern. Sie in ihrem Umschluß am Tisch behaupten ihr Recht. Und wer stört, wird zentrifugiert.

So sah sie die Thronende im Traum: Maria mit offenen Beinen, wund und blutend. Die Beine bluteten aus den Knien, dicht aneinandergepreßt. Doch wiegte sie schmerzlos-heiter ein Neugeborenes im Schoß. Und ihr Lächeln war von dem Wissen, daß es nun etwas Neues gebe. Kein Wieder oder Nochmals fand sich darin. Erstmals kam auf die Welt der Jenseitssichere. Ein Mensch wie du und ich, der sich des Jenseits sicher ist und deshalb gewandt sich bewegt sein Lebtag, der Gewandte aus Jenseitsgewißheit.

Der Prophet Hosea muß an seiner Person erdulden, was Gott abstrakt als Gleichnis für das sündhafte, verhurte Israel zu verstehen gibt. Nicht als ein Beispiel, sondern in Person, an Leib und Seele erträgt er eine grausame Leidensgeschichte. Ist er es doch, der seine untreue Frau Gomer innig liebt und ungetröstet, geduldig wartet auf ihre Rückkehr. So trennt ihn sein Herz, seine Treue und Liebe, von der über ihn verhängten Allegorie, die im übrigen die gesamte Familie umfaßt. Seine Tochter muß er nennen: »Kein Erbarmen«, seinen Sohn: »Nicht mein Volk«.

»Verklagt eure Mutter, verklagt sie! Denn sie ist nicht meine Frau und ich bin nicht ihr Mann. Sie soll von ihrem Gesicht die Zeichen ihrer Unzucht beseitigen und zwischen ihren Brüsten die Zeichen ihres Ehebruchs.

Sonst ziehe ich sie nackt aus und stelle sie hin wie am Tag ihrer Geburt, ich mache sie wie die Wüste und lasse sie werden wie verdorrtes Land, ich lasse sie sterben vor Durst. Auch mit ihren Kindern habe ich kein Erbarmen; denn Kinder der Unzucht sind sie.

Ja, ihre Mutter hat Unzucht getrieben; die mit ihnen schwanger war, hat Schändliches getan. Denn sie hat gesagt: Ich will meinen Liebhabern hinterhergehen. Sie geben mir Brot und Wasser, Wolle und Leinen, Öl und Getränke.

Darum versperre ich ihr den Weg mit Dornengestrüpp und verbaue ihn mit einer Mauer, so daß sie ihre Pfade nicht mehr findet.

Dann wird sie ihren Liebhabern nachrennen, aber sie nicht einholen. Sie wird sie suchen, aber nicht finden. Dann wird sie sagen: Ich will gehen und zu meinem ersten Mann zurückkehren; denn damals ging es mir besser als jetzt.«

Im Park sitzt ein Mädchen auf dem Schoß eines jungen Mannes und sie küssen sich. Kurz nach, fast noch im Liebkosen ist plötzlich ein lautes Gebrüll zu hören. Er schnautzt die Umarmte an und stößt sie von sich, schilt noch die am Boden sich zusammenraffende Freundin – als hätte sie beim Küssen mit einem lästerlichen Flüsterwort seine Ehre oder gar die seiner Familie gekränkt. Aus dem geschmiegten Rund des Liebespaars bricht auf einmal ein stolzer Fremder hervor, der eine zornige Abrechnung hält mit einem unbeschwerten Mädchen wegen eines leichtsinnigen Worts.

Neben dem Spiegel hing ihr Polymorphicum. Dieser Gestalter warf nicht ihr Bild zurück, sondern entwarf sie als eine andere. Sie konnte zwischen etwa einem Dutzend Varianten ihres Erscheinens wählen. Bis jetzt ließ sich der Entwurf nicht auf ihre reale Gestalt übertragen, aber er flößte ihr ein Selbstbildnis nach ihrem Belieben ein. Er half ihr, sich Tag für Tag als eine andere zu sehen, als der Spiegel ihr vorgab.

Wer war denn der? Ein erregter Mann, der immerzu rezitierte, ging herum in einem länglichen Raum, dessen Wände voller Kolumbarien ... Wes Seele flog da nicht ein und aus! Und in der Mitte ein übermütiger Brunnen. Für mich war's ein Memento, daß der Rezitator zu bändigen sei und zu bündeln zu einer Figur, einer Gestalt. Die vielen Urnen-Nischen enthielten bestattete Episoden. Die ganze Wand war der unerzählbare Roman, in dem eine Welt begraben lag, doch zugleich aus der Asche sich neu entwarf, wie die Taube sich entwirft, aus einer Schale aufsteigend, bis sich ihre Gestalt in Licht und Luft löst und verströmt.

Immer heftiger, immer unduldsamer rezitierte der Überlebende. Saß nun am Tisch, wo er leise, doch fordernd auf den Rand mit seinen Fingerknöcheln klopfte, etwas durchzusetzen, von dem noch nicht bekannt, was es sein könne. Reine Willensbekundung. Klopfte den Rhythmus vor, den schönen Rhythmus, darin Gestalten anfangen langsam sich zu regen, Figur zu werden und dann Figur zu machen ... Figur wohlgemerkt, nicht Person oder persona, *die bloß Maske sind. Eine Figur: eine gedankenpoetische Erfindung sollte sie sein. Die Marionette von Kleist, der Türhüter von Kafka.*

Gisbert, ein Mann, der sich in Gegenwart jedes Menschen, der eine feste Behauptung aufstellt, geradezu windet vor Zustimmung, der's voller Bestätigungsdrang gar nicht erwarten kann, in ein erlösendes Nicken und Bejahen zu verfallen, sich von ganzem Herzen sinken läßt in die Zustimmung. Bestätigen als Daseinsform. Dagegen schlingernd, vorbehaltlich, verschämt und unterwürfig, was er selbst als Urteil oder Meinung beisteuert, der offenen Behauptung eher ausweichend.

Der kleine Gisbert, Begründer der Gisbertologie, der Lehre vom Zustimmen. Am Beispiel des Gisbert, der sehr zart und mitfühlend ist und sich auch an Hitzetagen stets eine rot-grün karierte Decke über die Beine legt, lernt man, wie man bekräftigend wirkt auf seinen Nächsten.

Seit jeher vermeidet er, eine abweichende Meinung zu vertreten. Der moralische Anspruch des Abweichens und des Andersseins überfordert ihn. Oft sagt er nur: »Ich stamme aus der Gegend um Saarlouis.« Damit meint er alles oder jedenfalls genug gesagt zu haben. Wer von dort kommt, ist ein Gisbert oder einer von seiner Art. Gern möchte er sich dem neuen Allgemeinen noch viel enger anschließen. Sich ihm blind ergeben. Er will möglichst widerstandslos einfach nur: mittendrin sein. Hauptsache, mittendrin. Einer abseits aller, das kann nicht wirklich gutgehen. Man muß dem Gemeinsamen gehören. Man muß einverstanden sein und dem Zug zur

Einmütigkeit folgen. Man muß aufhören, Ketzer zu sein. Nicht dies geplusterte Gefühl, besonders und gesondert zu sein. Stattdessen aber von allem, was ist, immer nur seitlich leicht gestreift werden. Und im übrigen Agnostiker bleiben in allen Diesseitsfragen: Vielleicht ist das mein Leben. Vielleicht gibt es aber ein »mein Leben« gar nicht.

»Hör dir den an! Wie kann er wissen, was ich sagen will? Er redet wie ich. Er redet genau dasselbe wie ich. Mein Gott! Längst redet alle Welt genau dasselbe wie ich! Eine absurde Welt von lauter gleichlautenden Menschen! Endlich Kommunismus. Das Netz!«

Alle fünf Minuten zog sie ihr Smartphone aus der Handtasche, um zuhaus ihren Anrufbeantworter abzuhören. Enttäuscht und von Mal zu Mal langsamer wandte sie sich wieder an den Mann, der für diesen Abend ihr Gastgeber war. Dabei versuchte sie ihn laut und deutlich anzusprechen. »Bei mir zuhause viel Landarbeit, Frühjahr, Säen, Drillen auf den Feldern. Triticale in Reihen säuberlich. Aprikose blüht, Pfirsichbaum steht perlenbestickt. Man erkennt ein Rosa wieder, das ganzer Gegensatz zu Blutrot ist – Farbe ohne Schreck.«
Der Mann zeigte keine Reaktion auf ihre Worte. Als hätte sie gar nichts gesagt. Er wartete weiterhin, etwas von

ihr zu hören, nachdem er mehrmals nach dem Grund ihrer Handy-Unruhe gefragt hatte.
Sie indes hatte das Gefühl, als umhüllte eine Isolierschicht ihre Worte, so daß sie für andere nicht vernehmlich wären; als spräche sie in schalldichter Selbstumschlossenheit. Es war ein Schmerz wie eine körperliche Verhaltung, daß sie Wörter von sich gab, die nicht mehr nach außen drangen. Sie dachte: Selbst wenn ich schriee, schwiege ich. Jeden Laut umgibt eine dichte Hülle von Lautlosigkeit, die ihn fernhält vom Gehör eines anderen Menschen. Der Mann, der sich etwas von mir verspricht, tut, als hätte er mich reden hören. Er scheint sogar meine Worte, weil geahnt, zu wiederholen, hat aber doch keines je vernommen. Vielleicht habe ich nicht Stimme genug, um etwas aus meinem Tiefinneren, das spricht, hinauszutragen? Ich kann mir kein Gehör verschaffen! Vielleicht gibt es negative Phon-Partikel oder lautzersetzende Viren, die das Schallfeld, das meine Sprache braucht, ausschalten. Kann sein, sie schalten ebenso den Empfang beim Hörer aus. Der Sender, also ich, ist dann der einzige Empfänger. Jeder nicht vernommene Satz hängt fest in mir und wird geprüft, bezweifelt und verbessert. Man könnte sagen, er bleibt in seiner Unvernommenheit ganz rein. Weder Entgegnung noch Zurückweisung, weder Nachfrage noch Verwunderung können ihn beschädigen. Doch ich kann nicht ewig unvernommen sprechen! Sicher heute noch, zu später Stunde, davon träume ich, wird dieses eingemauerte und unbefleckte Sprechen alle

Widerstände, Hüllen und Dämpfungen im Sturm durchbrechen und es wird vernommen sein! Von ihm! Es wird sogar auf eine ungeheure und erschütternde Weise vernommen sein, von ihm, daß dann im Trubel ich, die jede Silbe ungehemmt *verlauten* läßt, mich hüten muß, unterm Geröll der eigenen Worte nicht wie unter Murgang verschüttzugehen!

Das Porträt eines Dominikaners von Lorenzo Lotto zeigt den Mönch, der schreibt oder Buch führt. Über dem Buch liegen Schlüssel, Münzen. Die Linke hält die Feder mit dem hellen Kiel, die Rechte liegt mit gespreizten, leicht verkrampften Fingern auf dem Papier. Der Bruder trägt die dunkle Kutte über dem Gewand, die Kapuze bedeckt den Hinterkopf. Der runde kahle Schädel ist ein wenig vorgeneigt, das Auge zum Betrachter erhoben. Er sieht uns an als einer, der gesehen wird und der zugleich abwesend blickt, seinen Zahlen oder Schreibgedanken nachhängt. Er ist nicht schön, der Mund spitz und klein, die Nase lang und hökrig. Aber der klare Aufblick des Geistesabwesenden verschließt das ganze Gesicht zu strenger Konzentration. Dabei ist der Blick durchdringender, als es ein wahrnehmender, prüfender, an die äußere Welt vergebener je sein könnte.

Bressons *Die Sanfte*, die sich erhebt, um vom Geländer des Balkons in die Tiefe der Straßenschlucht zu springen. Das unvergeßliche Bild des wippenden Schaukelstuhls, etwas, das sich bewegt und das – noch von ihr bewegt! – zurückbleibt. Dazu das umstürzende Tischchen, die nachschwebende Stola … Diese Frau entreißt Gott die Macht der Frist, die er jedem Lebewesen beimißt und von der dieses nichts weiß, nichts wissen kann. Ja, sie stürzt die Macht der Ungewißheit, mit der der Tod über das Leben herrscht. Es ist ein Usurpieren, das sie treibt und das sie zum Gegenteil einer Sanften macht. Sie zittert, sie erbebt von dieser unerwünschten Macht, die aus ihrer Stille aufsteigt.

Vor Bellinis Eremiten (Venedig, San Giovanni Crisostomo), der mit dürrem Arm sein Buch umblättert, fällt einer Trauernden auf Knien der Stöckel-Schuh vom Fuß. Draußen vor dem Portal wartet ihr Hund. Ihre kleine Tochter, die sie von der Schule abholte, steht neben ihr, Blätter und Schreibunterlage hält sie unter den verschränkten Armen. Sie geniert sich nicht, sie will nur nicht knien und mitbeten. Die Frau erhebt sich, und mit einer flüchtigen Verschiefung ihres schlanken Körpers, bei angezogenem Knie, schiebt sie den Schuh wieder auf die Ferse. Dabei bietet ihre grazile Verrenkung ein Fragment des Sichanziehens an sich. Wie nur das Formgefühl eines in die sprechende Gebärde vernarrten Malers es sehen und wiedergeben könnte.

Daß die eine unerreichbare Umarmung zu den vielen erreichlichen antreibt, sagt schon das Wort Eros. Sooft man zum Ziel kommt, erreicht man es nicht. Auch bleiben die einander Vertrauten beharrlich auf der Suche nach dem Fremden, der sich im sogenannten »Partner« verbergen muß. Der Blick verliert, was er bis dahin verläßlich identifizierte, das Erkennen zieht weiter, entführt den anderen bis an die Grenze der anonymen Erinnerung, wo es heißt: »Ach, du warst in abgelebten Zeiten / Meine Schwester oder meine Frau ...« Sie erkennen einander gleichsam zu mythischer Stunde. Lange bevor ihre Geschichte beginnt in der Zeit.

Also wird er am Morgen sehen, wie sie erstmals ihre Nacktheit kleidet; und nicht, wie sie sich *wieder* anzieht. Daß sie hingegen ihn keines Blickes würdigt, während er in seine Hose steigt, versteht sich von selbst.

Mann und Frau sind niemals Partner. Eine Frau ist Verehrte oder Begehrte, Dulderin oder Unduldsame, Lügnerin oder treue Seele, im besten Fall Kombattantin im gleichen Vorwärts und Entgegen, gleichwertig, gleichberechtigt, gleich in was nicht allem – nur niemals ein Partner. Ordinäre Anleihe aus dem Geschäftsleben. Man unterschätze nicht die Magie

der Banalität, die mit solcher Bezeichnung in jede Liebe einzieht und sie aushöhlt.
Was hat die Kunst nicht alles angestellt, um das »Geheimnis zwischen Mann und Frau« in Szene zu setzen, nuschelte in sein Kopfkissen gesunken der alte Romancier. Und wie vergeblich war es doch! Wo doch zu guter Letzt nicht viel mehr als eine geschlechtliche Verwaltungseinheit übrigblieb.

Wenn du das Tor aufschließt, so werden die Menschen unauffällig draußen vorbeigehen. Läßt du es geschlossen, so drängen sie an und wollen nicht länger unauffällig bleiben.
Eine Unauffällige war sie, solange sie als Buchhalterin in seiner Firma arbeitete. Eines Tages aber nahm sie endlich die Gestalt an, die ihm auffallen mußte.
»Glaubst du immer noch, es gebe mich nicht?« fragte sie ihn.
»Woher kommst du?« erwiderte er verwundert.
»Ich bin schon lange um dich herum gewesen, du hast mich nur nicht bemerkt.«
»Ich habe nicht mehr mit dir gerechnet.«
»Nun bin ich einmal hier, und du kannst dich meiner bedienen. Du kannst mich zu deiner Frau, zu deiner Geliebten oder zu deiner Fernstenliebe machen.«
»Alle drei Posten sind schon besetzt. Ich kann dich ei-

gentlich nicht gebrauchen. Es sei denn, du wüßtest noch etwas anderes, das du für mich sein könntest.«

»Was fehlt dir noch?«

»Was mir fehlt, ist eine hilfreiche Närrin.«

»Du meinst: Es fehlt dir jemand, der dich für einen König hält?«

»Nun ja. Vielleicht auch das. So in etwa.«

Da nahm die ehemals Unauffällige aus ihrem Arbeitskoffer ein geschecktes Gewand und setzte eine zierliche bunte Kappe auf ihr Haar.

»Nun mußt du auch gewitzt und weise sein«, sagte der Mann, »und dauernd etwas zum besten geben, dem ich entnehmen kann, daß du ganz anderer Meinung bist als ich, wodurch ich einen kritischen Abstand zu meiner eigenen gewinne, um schließlich guten Gewissens an ihr festzuhalten.«

»Dazu müßte ich kaum in eine fremde Rolle schlüpfen«, versicherte die ehemals Unauffällige.

»Es genügt, wenn ich meiner eigenen Wesensart gehorche.«

So nahm sie der Geschäftsmann mit in sein Haus, und sie diente ihm als viertes weibliches Wesen im Umkreis der ihn aufrecht haltenden Frauen, außerhalb dessen er keinen vertrauten Menschen kannte. Die Frau, die ihm das Haus und die Finanzen regelte, die Geliebte, die er in freien Stunden besuchte, und die Fernstenliebe, die in ihm das nötige Maß an Hoffnung und Sehnsucht wachhielt.

Aber wie diente ihm die Närrin nun wirklich? Immer, wenn er im Büro eine Konferenz abhielt, kam sie herein und redete dazwischen. Sie begleitete ihn auf seinen Geschäftsreisen und zu den Messen; auch dort redete sie bei allen Verhandlungen dazwischen. Sie stürzte anderer Leute Rede um, gab immer das Gegenteil dessen zu bedenken, was einer gerade behauptet hatte, untergrub und untergründelte jeden Beschluß. Außerdem machte sie sich lustig über die winzige Nase des einen (als Zeichen seiner Knauserigkeit) und den aschfahlen Dreitagebart des andern (als Zeichen seiner Verschlagenheit). Ihren Chef und Meister jedoch stellte sie mit listigen Schmeicheleien bloß.
Ihm aber gelangen nun immer die besten Abschlüsse, und auch seine Partner bemerkten zusehends, daß von der hübschen Närrin eine sonderbare Wirkung ausging, als wäre ein Kobold zu ihrer aller Vorteil am Werk.

Eines Abends, als sie an einem anstrengenden Reisetag viele Geschäfte getätigt hatten, saßen sie spät in der Hotelbar und tranken einige Gläser Cognac zusammen. Der Geschäftsmann nahm mehr zu sich als seine Närrin, und auf einmal verfing sich, wie es nie zuvor geschehen war, sein Blick in dem feinen Nackenflaum der Begleiterin, die, auch sie vom Tag erschöpft, den Kopf zur Theke beugte. Ach, das war nicht mehr der Blick des Herrn, der seine Närrin zu geschickten Widerworten reizte! Da ihm nun seine Sinne verschwammen, sagte er:

»Ich kann deine Narreteien nicht mehr ertragen. Ich kann deinen Spott und deine schlechten Witze nicht mehr ertragen. Sei einmal anders zu mir!«

Und dann forderte er sie auf, die Nacht mit ihm in seinem Bett zu verbringen.

Sofort war die Närrin wieder hellwach und fand zu ihrer Geistesgegenwart zurück.

Kaum hatte sie den ersten Schreck überwunden, erklärte sie ihm, daß beide sich hüten müssten, so etwas zu tun. Zumal sie doch einem ferneren Vetter fest versprochen sei, der einen viel näheren Vetter einst vor dem Ertrinken gerettet habe, einen von ihr geliebten Vetter, der sich indessen nach seiner Rettung von ihr abgewandt und einer sehr viel entfernteren Verwandten zugewandt habe, so daß sie dem ferneren Vetter anfänglich teils aus Dankbarkeit wegen seiner Rettungstat, später teils aus Rache am treulosen Geretteten doppelt verpflichtet sei … Und es folgte ein zierliches Davontrippeln in vieldeutigen Sätzen vor dem eindeutigen Antrag des Geschäftsmanns. Der aber setzte ihr nach und brach bei jedem Hakenschlag in ein breites Gelächter aus, wie er es als König niemals getan hatte. Ja, er holte sie ein und spielte mit ihrer gewitzten Rede, trieb sie in die Enge und war schließlich mehr Narr als sie.

Da sah sie ein, daß alles verloren war, der Herr seinen Rang und seine Stellung nicht länger wahrte und sie also kein Mittel mehr besaß, ihm den Spiegel vorzuhalten und sich ihm zu entziehen. Erschöpft folgte sie ihm auf sein Zimmer, und in großer Traurigkeit verbrachte sie die Nacht mit ihm.

Am nächsten Morgen traten die beiden mit leeren Gesichtern an den Tresen der Rezeption und baten um die Rechnung. Die Frau trug nun ein altmodisches steingraues Kostüm und sah aus wie eine verwitterte Beamten-Gattin. Der Geschäftsmann aber trug denselben Anzug wie am Vortag und glich dennoch einem lausigen Borgwardfahrer aus den Tagen des Wirtschaftswunders. Gemeinsam strahlten sie die Mißlaune eines freudlosen Ehepaars aus. Wortlos wandten sie sich voneinander ab – oder einer ließ den anderen einfach stehen, je nachdem, von welchem Blickpunkt aus man diese letzte Bewegung der beiden betrachtete, die mit einer Endgültigkeit geschah, von der ein unentschlossenes Unglückspaar nur träumen kann. Ein beinahe ideales Vorbei.

Zuhause vergrub sich der Mann um so tiefer in seine Geschäfte. Doch es war wie verhext: Fast alles, was sich so gut angelassen hatte, zerschlug sich in der Folge. So manches riskante Engagement erwies sich als Fehlschlag, und schon bald kamen bei seinen Geschäftspartnern erste Zweifel an seiner Kredit- und Vertrauenswürdigkeit auf.

Auch seine privaten Verhältnisse blieben nicht, wie sie waren. Seine Frau hatte sich in mancher Angelegenheit überfordert gesehen und falsche finanzielle Entscheidungen getroffen. Seine Geliebte hatte sich zusehends vernachlässigt gefühlt. Die eine kündigte ihm daher die Pflichten, die andere die Treue. Beide ließen ihn allein, und er stürzte sich mit allem, was ihm im Herzen verblieben war, in die Richtung seiner Fernstenliebe, dem himmlischsten unter allen Erdengeschöpfen, doch die Verbindung, dem maßlosen Ausbruch von Hoffnung und Sehnsucht nicht gewachsen, verlor augenblicklich ihren milden Zauber.

So blieb der Geschäftsmann in seinem Sinken und Scheitern vollständig allein, und mit Ausnahme seiner Gläubiger wollte niemand mehr etwas von ihm wissen.

Er verbarg sich in seinem Haus und versperrte das Tor, das vom Garten zur Straße führte. Der versteinerte Ausdruck, den jene Nacht mit der Närrin über ihn verhängt hatte, wich nicht von seinem Gesicht. Niemand hätte ihm anmerken können, welche Empfindungen ihm noch verblieben waren und welche für immer erloschen.

Seine Tage verliefen eintönig, wie im Halbschlaf verhandelte er mit den Banken, verschob seine Schulden von Konto zu Konto.

Als schließlich alle Fristen abgelaufen waren, verließ der Mann jugendlich gekleidet sein Haus, während hinter ihm, von Raum zu Raum wechselnd, die Telefone schrillten. Er pflückte eine Handvoll Brombeeren im Garten und nahm Abschied von seinem Eigentum.

Zuletzt schritt er auf das große Tor zu und wollte sich und seinen Besitz seinen andrängenden Gläubigern ausliefern. Als er es jedoch in seiner ganzen Breite geöffnet hatte, da fand sich niemand, der zu ihm wollte, sondern draußen streifte jene Schar von Unauffälligen vorüber, die sein Herz höherschlagen ließ.

Der Menschen Kleinigkeiten mußte ich erfinden, davon gab's nicht mehr genug, als ich sie beschrieb. Den meisten genügte für sich und die Welt der grobe Umriß, sie waren nur mit Hauptsachen beschäftigt. Kein Gespräch nahm mehr eine unverhoffte Wendung.
Subtilitätendämmerung. In Zukunft schreibt man über ungeschlachte Menschen, dickfellige Liebe und stellt bullige Fragen.

Vielleicht liegt ein Mißverständnis vor, war jeweils sein zweites gemurmeltes Wort. Immer, wenn wieder einmal eine Rechnung nicht aufging. Wenn er gegen die Mauer einer Ablehnung, eines Erschrekkens, einer Zurückweisung, einer gräßlichen Beleidigung stieß.
Dieser Mensch wollte mich in Wahrheit nicht beleidigen, sagte er sich. Wahrscheinlich liegt ein Mißverständnis vor. Wahrscheinlich wollte er mir zu verstehen geben: Werde strenger gegen dich selbst.
Alles selbstverschuldet. Könnte nicht einmal etwas ge-

schehen, meinetwegen aus heiterem Himmel, das mir einen Schuldenschnitt für all das Selbstverschuldete gewährte?!
Ich behalte mir vor, mich nicht zu bessern.

Tanja, alle Männer hinter sich. Ein letzter Blick zurück auf der Liebe hoffnungslose Siedlungen. Keine Erwartung mehr, weder Verlangen noch Bereitschaft. Erinnert sich nicht, jemals dem Einzigen begegnet zu sein. Im Nachhinein empfand sie einen jeden als Verlegenheitslösung. Vielleicht wäre er zur rechten Zeit der einzig Richtige gewesen, doch traf sie ihn entweder zu früh oder zu spät. Ich besitze wohl kein Talent für den einzig Richtigen, sagte sie sich. Ich war nicht fähig, ihm zu begegnen, nicht einmal, ihn zu erkennen.
Ich habe im Leben viel fallen lassen. Oder runtergeschmissen. Ich habe oft, was ich greifen konnte, in beide Hände genommen und auf den Boden geschleudert. Runtergeschmissen.
Zuletzt habe ich sogar den schönen, mir seit langem vorschwebenden Kopf, Schädel, das edle Haupt, das mir immer vor Augen war, etwas Rundes, Wertvolles, das Unendlichkeit enthielt, in beide Hände genommen, aus der Schwebe gerissen und zu Boden geworfen.
Dem unbeschwerten Menschen fällt niemals etwas hin, dem Beladenen aber das meiste zu Boden.

Die Masseurin zu ihrer Kundin: Sie haben einen gestählten Frauenkörper. Durchtrainiert bis in den intimsten Muskel. Mir ein Rätsel, mir unbegreiflich. Mag das Ihr Mann?
Die Massierte: Also ob mein Mann es mag, kann ich nicht sagen. Aber der Mann in mir mag es. Und von meinem Mann kann ich nur so viel sagen, daß die Frau in ihm es auch sehr mag.
Der Die, die Der … mit jedem Pulsschlag wechselt das Geschlecht. Kommt vor, daß sie einer auf den anderen hereinfallen wie die Vögel auf die Trauben des Zeuxis. So täuschend echt als Mann erscheint der Mann der Frau – und umgekehrt.

Er dachte: Sie ist so klein, sie wird mir treu bleiben. Der hübsche runde Kopf, die braunen Augen – die beiden lernten sich schwankend auf stockender, plötzlich blockierter Rolltreppe kennen, sie eine Stufe über ihm, er sie stützend, indem er ihre kurzen Oberarme faßte. Dann viele Gänge mit ihr, viel Ausruhn in Zimmern – jedesmal öffnete sich irgendwo eine Tür, wenn sie gerade dabei waren, einander näher als nahe zu kommen. Sie anhänglich; im Konzert, beim Besuch auf dem Land. Zuweilen beim Einkaufen ließ er sie spüren, wie klein sie war. Lilli mußte zwei Säcke Kartoffeln alleine schleppen. Er selbst lief mit dicker Strickjacke durch

frühlingswarme Straßen. Galeriebesuche, Kirchgänge. Abfälliges Gemurmel der Mitwelt, wo sie auch aufkreuzten, provozierend ungleiches Paar.
Da sie so klein war, teilte sie die Tagesstunden in zwei Hälften. Sie kam auf 36 Stücke Wachsein, 12 Stücke Schlaf. Eines Abends tritt sie nah an die Kante des U-Bahnsteigs, der Zug fährt ein, der Sog weht ihren kurzen Petticoat auf wie auf dem berühmten Bild der Monroe, unablösbare Ikone im Wandel der Generationen. Doch plötzlich wird sie mitgerissen, gerät zwischen Waggon und Gleis, wird mitgeschleift, zwischen Zug und Bahnsteig fast zermalmt, alles schreit, Alarme schrillen, reglos liegt sie auf den Gleisen. Dann, zu aller Nichtbegreifen, rafft sie sich auf, die Kleider hängen in Fetzen am Leib, aber, wie allen offenbar, wurde sie nicht ernsthaft verletzt. Sie klettert auf den Bahnsteig, geht mit ihrem halb nackten, von Schleifspuren verschmutzten Leib davon. Man – und auch ihr Gefährte – liest tags darauf in der Zeitung: Sie ist eine von denen, die sich reißfeste Aramidfasern in die Haut pflanzen ließen und deren Knochen in bruchsicheres Titan gehüllt wurden. Eigentlich ist sie eine unzerstörbare Puppe mit Herz und Verstand. Und besitzt, ungeachtet ihrer Miniaturgestalt, täuschende Ähnlichkeit mit einer Backfisch-Schönheit aus den fünfziger Jahren.

Ein Männerchor probt. Doch die achtstimmige Motette wird unterwühlt – erst von einem leisen Gemurre, dann gibt es vereinzelt Zwischenrufe, und schließlich brechen Melodien ab, so daß es schmerzt. Ein inniges Solo wechselt in der Sekunde zum ordinären Fluch, Harmonien zerschellen wie hingeschmissene Porzellanfiguren. Es explodiert ein gehässiger Streit unter den Sängern. Jeder bezichtigt den anderen, singend nichts als seinen schlechten Charakter in die Töne zu verlagern. Sie schelten und drohen, und schließlich *psychologisieren* sie, daß es seine Art hat.
Irgendwann ermüden sie in ihrem Gezänk, vergeben einander, richten sich auf und versuchen mit vorsichtigen Intonationen zum achtstimmigen Gesang zurückzukehren. Aber wie sie's auch üben und immer von vorne beginnen, sie finden nicht zum alten Einklang zurück.

Warum sitzt sie nach beinah zwanzig Jahren, in denen beide sich unausgesetzt gegenüber waren, immer noch so gerade wie am ersten Tag bei Tisch, als wartete sie gespannt auf die endliche, endgültige Anerkennung ihrer Person, die er ihr angeblich bis auf den heutigen Tag vorenthielt?
Heute endlich hat er mich voll und ganz, hat er mich, den ganzen Menschen, anerkannt! Das möchte sie sich am Ende des Tages sagen können. Hat anerkannt, daß meine

Fähigkeiten nicht geringer sind als seine. Ein Stück weitergekommen, immerhin. Sein Wort bleibt nun für immer ausgesprochen zwischen uns. Ich saß so vor ihm, daß er sah, ich wartete und erwartete, daß in den nächsten Minuten irgendwas, das er bisher von mir nie hatte anerkennen wollen, endlich anerkannt würde. Er selbst kam auf den Beruf zu sprechen. Ich in meinen unbestimmten höchsten Erwartungen wäre genauso für mein Aussehen, meinen Wissensdurst, meine Hilfsbereitschaft – alles nie ausdrücklich anerkannt von ihm! – ansprechbar gewesen.

Aber bloß mein berufliches Geschick ... Diese Bedrükkung, diese Lähmung, *jetzt* es also gehört zu haben! Das ihm Wichtigste an mir auf einmal zu kennen. Bloß der Beruf. Na gut. Also weiter warten. Sitzenbleiben.

Die Fächer des Herzens werden mehr und immer kleiner. Das große Glück, der große Schmerz passen nirgends hinein.

Ich kam immer ganz zuletzt dran, mich kann man ja immer erreichen, ich bin da, wo ich immer bin, ich bin keine Unsicherheit, keine Gefahr. Ich sage ihr zwar oft: Wie begehrenswert du noch immer bist! Aber das bin eben nur ich, der Sichere, der das sagt. Hingegen bei den anderen, da lauert sie auf so einen Satz, da sucht sie die süße Gefahr.

Körper? Welcher Körper? Ist es das, was uns undurchsichtig macht, das Gespenst verhüllt, das wir eines Tages sein werden? *Nous sommes la triste opacité de nos spectres futurs.* (Mallarmé, »*Toast funèbre*«)
Immer nur Schmerzen, Schluchzen und Weinen über den unverständigen Körper, warum bist du so ein bösartiger Gesell, warum mein Widersacher geworden? Du, einstmals mein treuer Vorfechter, erhebst nun deine Waffen gegen den Schützling? Und dazu dein Gemahnen – mir zum Trost? – an den Mann, dem's bei weitem schlimmer ergeht, Mann mit der rätselhaften, zum Verfaulen der Glieder führenden Hautkrankheit; zwei Beine amputiert, der rechte Arm weg, blind, die Finger der linken Hand sind als Nächstes dran. Den Rollstuhl kann er nicht betätigen, ohne mit dem *letzten* beweglichen Finger auf einen Knopf zu drücken, der auf der Lehne für den fehlenden rechten Arm befestigt wurde. Eine jegliche Krüppel-Metapher in der Literatur übertreffende Versehrtheit! Einziger nächtlicher Geschmack trockenes Blut, schwarzer Rückstand. Ablagerungen von Tierlauten in der Kehle krummster Windung.
Warum, Körper-Halunke, erzählst du mir das? Um deine eigenen Schikanen, die mich quälen, kleinzureden? Deine Schandtaten zu verglimpflichen?

Wenn eine Frau schön ist, dann bleibt sie auch als Sprecherin eines Wirtschaftsverbands eine jenseitige Erscheinung. Schönheit gehört zum Spektrum nicht erschließbarer Strahlungen, die Zeit, Amt, Gut und Böse überlagern. Sie rühren von Offenbarungsvorgängen, die weiter zurückliegen als die Rotverschiebung zu Beginn des Universums. An der Schönheit, an dieser *Erscheinung* scheidet sich das Berechenbare vom Unberechenbaren dieser Welt.

»Ich bin sehr alter Leute Kind.«

»Dies hier ist der Platz«, sagte sie, »an dem mich die Kinder, die in mich vernarrten Kinder neckten. Sie riefen mich, sie warfen mir Schneematsch in den Kragen.«

Brünett, kalkweiß das Gesicht, altes Gesicht, dicke mürbe, purpurrote Lippen. Dicke schwarze Sonnenbrille am trüben Wintertag, dicker grauweißer Pelzmantel, wulstiges Chinchilla, Pelzmütze, darunter ein Schal, der die Ohren warm hielt, das teigige Gesicht mumienhaft einfaßte. »Diva! Diva!« riefen die Kinder, als ob es ihr Name wäre, und liefen hinter ihr her. »Diva, du hast ja nichts an unterm Pelz! Zeig uns deinen Arsch. Mach den Mantel auf!«

Ein Mädchen streckte seine Zunge aus einer selbstgefertigten Maske aus Papier, zwei eingeschnittene Schlitze für die Augen, eine lange, scharfe Nasenkante stand senkrecht hervor.

Die Diva trug ein Erbstück ihrer Mutter, etwas, das heute kaum eine Frau noch trägt, Chinchilla. Wo immer sie auftauchte, reizte sie zu anzüglichen Bemerkungen und bissigem Gespött.
Tatsächlich war sie vorzeiten nackt unter dem Chinchilla daherstolziert – Sommer war's, und sie schwitzte, wollte auch schweißüberströmt vor ihm stehen, dem geliebten Schwächling, wollte sich ihm zeigen und ihn mit ihrer Entblößung vor allen Leuten provozieren. Über die lange Speisetafel schritt sie auf ihn zu, öffnete den Mantel vor ihm, dem bleichen Esser, der feig den Kopf senkte.

Nun, längst war *der günstigen Jahre fiebriger Schleier* von ihr gewichen, sie war alt und ging bekleidet unter dem Pelz. Doch es lebte fort das Gerücht von der Blöße unter dem Mantel, von ihrer einst unduldsamen, schockierenden Nacktheit.

Die junge Trinkfreudige, die mit der offenen Flasche in der Hand ein Restaurant betritt, hält ein Mann, der ihr gut will, behutsam an der Schulter zurück, damit sie nicht erst vom Kellner hinausgewiesen wird, worauf sie sich umdreht und ihn unvermittelt küßt, sich ein Gewährenlassen erküßt, die Erlaubnis, weiterzugehen, nicht länger aufgehalten zu werden – ein Kuß lallt ja nicht.

Ihr Verlangen begann seit je mit der Stirn. Wann immer sich die Gelegenheit bot, mußte er seine Hand flach auf die hohe Schädelwölbung legen, und mit aller Nackenkraft drückte sie den Kopf gegen die Hand, die aus dem gewinkelten, gespannten Arm den nötigen Widerstand leisten mußte.
Mögen auch ihre Nächte nun zehren von früheren stärkeren Nächten, selten öffnet sich noch einmal das Auge des Strudels, wenn sie sich finden. Doch sobald sie aufrecht beieinander stehen, bilden sie den festen Rahmen, der eine unermeßliche Nähe einfaßt. Zwei Menschen, bereit, sich ihres alten Lobens zu erinnern und eines nie wieder geübten Wortlauts.

Niemals fragt sie oberflächlich oder nebenbei: »Wie geht es dir?« Sie fragt es bedeutsam, lüstern und erwartungsvoll. Und da jeder sofort spürt, was sie hören will, antwortet er, oft der Wahrheit widersprechend: »Rundum gut.« Unverkennbar, wie nun ihre Erwartung zu Enttäuschung gefriert und schließlich Eiseskälte daraus wird. Das Nippen an den Beschwerden anderer ist offenbar das einzige Mittel, das ihr eigenes Unwohlsein lindert.

Sie, die ihn unzählige Male anrief, geradezu bedürftig, wiederum abgewimmelt zu werden, Opfer seiner Kälte und Gleichgültigkeit zu sein, beseelt von Selbsterniedrigung wie eine fromme Büßerin, bleibt seltsam ungerührt, zugeknöpft wie eine Frau, die sich belästigt fühlt, als einmal er es ist, der sie anruft.

Einfach geschnitten werden, Augen, die an ihr vorbeisehen, den Kontakt verweigern, geschnitten werden, abgestraft durch Augenentzug, die Unliebsame! Und wenn sie eine Bemerkung macht, wird sie übergangen oder bleibt öd im Raum hängen, bis sie zu Unsinn zerfällt. Hier bin ich geschnitten worden, wenn ihm was nicht paßte.

Sie hat sich in ihrer Wut schon der greulichen Metapher vom »Geschwür« bedient. Das er ihr sei. Ein Geschwür an ihrer gesunden Seele. Das Vokabular des Rassisten erobert, wo das Böse benötigt wird, ungehindert den Wortwechsel einer verlorenen Liebe. Und genießt den straffreien Gebrauch. Das Geschwür wechselt vom Verruf eines Volks zu dem des nächsten Menschen.

»Möchtest du meinen Freund kennenlernen?
Er gehört zu den Flüsterern vor den Toren der Welt.«

Unter dem Torbogen kniete ein abgerissener Mann mit einem von Essensresten befleckten Bart. Eine Plastiktüte voll Möhren hing an seiner Hand.
»Du bist der Flüsterer – du?« fragte die junge Frau verwirrt und enttäuscht. Denn sie hatte sich ihn ganz anders vorgestellt.
»Du liegst vor wem auch immer auf den Knien, deine linke Seite ist mit einem wundroten Tuch umhüllt. Der Torbogen, die Wunde, die Flehgebärde, der Tonkrug: der Trinker ...«
»Ich flehe nicht. Ich stütze die Luftmasse. Ich halte eine gewichtige Wolke menschlicher Miasmen, städtischen Gestanks von dir ab, stemme sie über meinen Kopf und halte sie auf, damit sie nicht über dich sinke und dich vergifte.
Sieh, ich schiebe sie zurück durch das Tor. Dort schwebt sie in die Gasse und bedünstet, indem sie bricht, den städtischen Boden ... Und ich trinke wieder! ... Der wahre Trinker lutscht den letzten Tropfen von der Tülle. Seitdem ich Bibliotheksverbot habe, kann ich dich nicht mehr anrufen. Da gab es ein Diensttelefon in einem kleinen Zimmer, das unter Mittag meist leer stand. Von dort habe ich mit dir gesprochen, leise natürlich.«
»Bis es aufflog?«
»Nein. Es flog nicht auf. Sie haben mich ausgesperrt, weil ich mein Mittagsschläfchen im Lesesaal abhielt, und dabei muß ich manchmal etwas geschnarcht haben. Ich hielt immer die Mittagsruhe dort, bevor ich dich anrief.«

»Du wurdest müde, du hattest die ganze Nacht, den ganzen Vormittag ununterbrochen gelesen?«
»Nein. Ich habe gar nichts gelesen. Ich war auch nicht da, um ein Büchlein zu holen. Ich wollte nur ein bißchen Mittagsruhe halten. Wo kann man das am besten? Bei den Büchern. Überall sonst ist es zu laut.«
»Aber wie konntest du mich erziehen? Wie wurdest du so klug? All die Weisheit, die ich von dir hörte!«
»Ich habe das alles gesagt, weil ich vor deinem offenen Ohr nicht wußte, was ich sagen sollte. Und als ich spürte, daß es dich in Wissensdurst versetzt, was ich sagte, setzte es auch mich in Erregung. Davon stieg das alte Wissen, das in meiner engen Brust schlummerte, herauf, wurde angezogen von deinem leeren, offenen Ohr.«

Wer sind wir? Von Wissen Hinkende, von Gewitztheit Zuckende, von Kunst im Kreis Herumgeführte … Unter Einfluß stehen wir, mein junger Nachwuchs, immerzu unter Einfluß … So viel zu wissen! Um am Ende aus Leibeskräften einmal tief zu seufzen. Da ja das Herz es gegenweiß.
Nichts befindet sich an seinem Platz. Nichts stimmt. Da gibt's nur den einen Raum, den wir bewohnen, und darin ein unablässiges Möbelrücken, weil wir ihn immerzu umräumen und neu einrichten. Um kurz darauf wieder zu räumen und noch mal zu rücken. Doch auch in der Unordnung, in unserem emsigen Provisorium wirkt bereits und findet statt Sein

Wohnen, ist überall Schechina. Nirgends auf der Welt gibt's durch und durch nur Welt.

Das Abzählen der Lämmer wird eines nahen Tages auf unseren Straßen den Verkehr zum vollständigen Erliegen bringen. Links/rechts, Hölle/Himmel, Rot/Blau. Und Stop! ruft eine Vorarbeiterin des Großen Scheidens, eine in graue Uniform gepreßte füllige Frauengestalt. Ein alter Mann bleibt stehen und darf ein Statement zu seinem Leben abgeben. Die Blauen sind die Träumer, die Roten die Gemeinschaftsmenschen. Am Himmel kommen beide Farben vor, und in der Hölle sind die Flammenspitzen blau, der Schlund ist rot.
Horapollon aus der Thebais, Verfasser der *Hieroglyphica,* im späten fünften nachchristlichen Jahrhundert noch ein entschiedener Anhänger heidnischer Kulte, wurde von Christen als *Psychapollo,* »Seelenzerstörer«, beschimpft, gefangengenommen und gefoltert. Er floh nach Konstantinopel, setzte seine Lehrtätigkeit fort und trat zum Christentum über. Grund seiner Flucht war allerdings, daß seine Frau ihn für einen Geliebten verlassen hatte und einen großen Teil seines Vermögens hatte mitgehen lassen. Er versuchte wohl vergeblich auf Wiedergutmachung zu klagen und gelangte dann aus tiefer Enttäuschung zum Christentum.

Stille Aufforderung. Und sie steht vor dem Mann in ihrem Zimmer und ruckt das Kinn aufwärts, wie man es tut, abschätzig, wenn man jemanden auffordert sich zu rühren. Immer wieder ruckt sie das Kinn in die Höh, aber nichts geschieht. Sie ruckt voll zitternder Aufforderung! Aber der Mann vor ihr rührt sich nicht, und das Zeichen verfällt.

Stille Entscheidung. Er reicht ihr ein offenes beschriebenes Blatt.

Lies es. Hier steht alles, worum ich dich bitte.

Er sieht sie eine Weile das Blatt lesen. Dann senkt sie es auf ihren Schoß, legt den Zeigefinger an die Lippen und denkt lange darüber. Liest noch einmal den einen oder anderen Satz.

Dann faltet sie das Blatt und reicht es ihm zurück. Wiegt den Kopf in einer letzten Unschlüssigkeit, um ihn dann sanft zu schütteln und eindeutig zu verneinen.

Warum würfeln wir nicht mehr? Statt sich ihm zu schenken, schenkt sie am Ende ihren gesamten Gewinn dem Mann, der den ganzen Abend mit ihr würfelt. Immer nur würfelt. Sie macht einen Verlierer reich – eine Geste, die eine Frau im Bett nicht bieten könnte.

Scheine wie Laub, ein Windkanal ist sie, in dem die Blätter wirbeln, Zuteilungen einer bis zur Unkenntlichkeit gestückelten Summe, die einmal »Liebe« hieß.

Die er »Prinzipalin« nennt und er selbst, der jüngere Bruder, beiden in den Rücken geblickt, bleiben stehen auf dem Kiesweg im Park und wenden kein weiteres Wort aneinander. Von einem ewig ungelösten Problem angehalten, bringen sie nicht mehr die Kraft auf, das tausendmal Beredete noch ein weiteres Mal zu bereden. Die Prinzipalin hat die Arme auf den Rücken gelegt, auf dem Steiß die beiden Zeigefinger ineinandergehakt. Der jüngere Bruder hat die Hände tief in die Hosentaschen gegraben, die Ränder des Jacketts dabei aufgestülpt und verbogen. Aber während die Schwester an ihrer Haltung nichts ändert, hat ihr Bruder schon mehrmals die Hände aus den Taschen gezogen und wieder hineingeschoben, dazwischen seine Arme im Kreuz umeinandergeschlungen, eine geradezu zwangsjackenhafte Haltung angenommen, eine *Verhaltung* eher als eine Haltung, um die Hände dann kurz in die Hüfte zu stemmen, den Körperumriß vergrößernd, bis er sie gleich wieder mutlos tief in die Hosentaschen rutschen läßt.
»Ich habe um mein nacktes Überleben zu kämpfen«, sagt sie auf einmal mit Schicksalsgewicht, »und du verlangst, daß ich dir tief in die Augen schaue!«

»Du sollst mich nur einmal ansehen«, erwidert er schwach und klagt um ein Menschenrecht.

Zwar ist sie die Vielberührte gewesen, doch behielt sie von allen nur den einen im Sinn. Heute könnten die beiden angelehnt im Erker sitzen und ein wenig grübeln, wohin es führt, wenn »ein Mensch zu oft umsonst gelächelt hat«, wie sie damals sagte. Und wie es ist, wenn sich das Lächeln nicht mehr lösen will vom Gesicht, darin ein Gefangener bleibt. Sie könnten gemeinsam auf die Straße sehen und den Gedanken fortspinnen. Aber so? Entsinnt sie sich seiner wirklich noch? Sie hat nur ein waches Gesicht vor Augen, ein Antlitz der Prüfung: Was wird sie von mir besitzen, was werde ich von ihr besitzen? An Erinnerung. An Zusammensein. Nicht sehr viel, wie sich zeigt. Alles Zukünftige schon damals erschöpfend besprochen. Alle dunklen Kräfte ermittelt, alle beim Namen genannt. *Das damals mit dir*. Titel, auf den nichts folgt als viele leere Seiten. Dein Gesicht, unaufbrechbares Siegel, verschließt unsere Geschichte.

So. Und dann doch. Das dunkle Brummen ihrer Stimme von einer sehr, sehr alten Bandaufnahme … Ihre Stimme, zerdehnt zum Löwengrollen, und ein Wort zum Schluß … unverständlich.

Eigentlich ein ganz weicher Junge, aber einer, dem die Träume fehlen. Guck ihn dir an. Er hat Blut im Blick. Nein, ist vielleicht nicht Blut. Er prügelt nur. Er würgt mit beiden Händen. Irgendjemanden im Hausflur fällt er an und schlägt ihn nieder. Schreit und tritt. Dann geht er unendlich sanft die Treppe hinauf zu seinen Eltern. Er hat das Wehtunwollen in den Augen. Die Eltern rennen die Treppe hinunter und heben den zusammengeschlagenen Hausmeister auf. Bitten um Entschuldigung, Tränen, Schmerzensgeld. Jeder im Haus weiß, der Junge ist krank. Wenn du ihm begegnest, kannst du der nächste sein, den er angreift, einfach weil du zu dicht an ihm vorbeigehst auf der Treppe. So ein ganz weicher Junge, aber immer den Würgegriff in den dünnen Fingern. Sein Ehrgeiz ist das unblutige Töten.

Im Garten der Beunruhigung … laufen bis heute jene herum, die den Heiland damals bloß flüchtig, halb verdeckt, nur einmal kurz im Profil beim Tempel stehen sahen, nur im Vorübergehen und von ferne sahen und ihn schnell wieder vergaßen. Die nicht ahnten, daß die Unruhe, die sie seither – und ihre Nachkommen über die nächsten Jahrhunderte hin – beherrschte, daher rührte, daß sie nur so flüchtig hingesehen hatten.
Im Garten der Beunruhigung … beschleicht in ihrem aufrichtigen Gegenüber Mann und Frau der bittere Ver-

dacht, daß ihre Worte sich wildwuchernd verzweigen. Sie erleben, wie sie auf einmal ohne Zusammenhang, ungehemmt, von allem zugleich sprechen, von Lüsten, Armut, Schmerzen und Religion. Worauf Bestürzung sie befällt und Angst vor dem Unaufhörlichen, dem Uneindämmbaren ihrer Rede. Sie merken ja, wie das, was sie eigentlich meinten, in ein freies Entgleiten übergeht, ein Abschwirren und Drunter-und-Drüber, in ein dämonisches Allerlei, das schließlich der Wind der Beliebigkeit vollends zerstreut.

Und dann muß man noch bemerken, daß Männer ohne Pflichten, ohne täglich auf Arbeit, immer ehrpussliger und dann überhaupt immer pussliger werden. Sie pusseln an allem herum und werden dabei selbst immer pussliger. Siehe Bernd Rutz. Er kommt und sagt an der Haustür seines guten Nachbarn:
»Du hast sie gekannt.«
»Ich habe sie nicht gekannt.«
»Doch. Hast du.«
Bernd, einst Vorwerk-Arbeiter, im Sommer erst entlassen aus der Fürstenwalder Psychiatrie, verdächtigt seinen Nachbarn, den Zimmermann, seit Tagen: *erstens* mit ihm früher auf dem Feld gearbeitet zu haben und jetzt unter falschem Namen im falschen Haus mit falscher Familie zu leben. Wie häufig zu beobachten: Solange der

Wahnsinn virulent ist, infiziert er auch den Biedersten. Den Zimmermann beschlich tatsächlich das Gefühl, es verhalte sich merkwürdig mit ihm – als wäre er durch einen geheimen Tausch an die Stelle geraten, die er jetzt einnahm.

Zweitens: zu wissen, wo seine flüchtige Geliebte steckt. Er hatte sich dies Phantom selbst gebastelt, eine Art Schankmamsell, die nirgends zu finden war. Dabei hatte er sie, »hundertpro«, bereits im Arm, als sie plötzlich auf und davon und nicht mehr zu sehen war. Angeblich nur um ihn zu reizen und zu necken. Er muß sie auftreiben, sonst kriegt er sie nie. Wochenlang hat sie in den Briester Försterstuben serviert. Wochenlang hat die Annäherung gedauert. Dann hatte er sie schon fest im Arm, und auf einmal war sie spurlos verschwunden.

»Ich greif wieder zur Flasche«, drohte er, »ich nehm mir den Strick, wie Richard letztes Wochenende, den hat man auch erst am Mittwoch abgeschnitten. Gleich passiert etwas. Irgend etwas passiert. Ich bin ganz sicher.«

Und als gerade ein Wagen mit Cottbusser Kennzeichen nebenan vorm Kornspeicher hielt und jemand hinterm Steuer ihn fragte, wo's nach Cottbus gehe, gab er keine Antwort. Sondern bekam einen fürchterlichen Wutanfall, den er nur mühsam durch Weiterarbeiten beherrschte, indem er die alten Getreidesäcke, jetzt von Ratten zerfetzte Lumpen, auf den Hänger gabelte.

»Die wollen mich verscheißern. Hast du gehört? Nach Cottbus! Die sind aus Cottbus und fragen *mich,* wo's hier nach Cottbus geht. Ich laß mich von denen doch nicht verscheißern.«

Diese Frau gibt es nicht. Er hat ein gestörtes Verhältnis zu einer Frau, die es gar nicht gibt und nie gab. Es hat nie eine zweite Serviererin in den Försterstuben gegeben! Deshalb findet er sie nicht. Fährt ruhlos mit seinem alten Golf über die Felder, verbringt Ostern auf der A 20. Jeder Stau ist ihm willkommen, sein größtes Glück. Er kommt mit den Leuten ins Gespräch. Er beschreibt ihnen diese Frau, die flüchtig ist, als sein verfluchtes Schicksal, jemanden, den er liebt, der ihm aber 5000 Euro geklaut hat. Jeder Stau ein Fest der Mitteilung. Genauso wie später wieder in der Psychiatrie in Fürstenwalde, ein Fest der Aussprache.

Dieser Mann, Bernd, machte sich stets mit dem größten Arbeitswillen an die Arbeit, jede Arbeit, die sich ihm bot, und verlor den Willen zur Arbeit nach weniger als zehn Minuten vollständig. Er schreitet entschlossen voran, um einem Kollegen zu helfen, er packt zu, mit Bären-Pranken von Händen und mit Bärenkräften, er lädt auf, er stapelt und schnürt – er setzt die geballte Kraft an, um kurz darauf alles stehen und sein zu lassen, wie es ist.

Vielleicht gehört das zu den Störungen eines Menschen, der vor zehn Jahren seinen Alkoholismus überwand, ohne fremde Hilfe, ohne Psychiatrie. Von heut auf morgen Schluß. Eine Heldentat. Jetzt hat ihn das Gen, wie er's nennt, das Gen von nebenan, direkt neben der Sucht, das Schizophrenie auslöst, aus der Selbstkontrolle geworfen.

Die alte Kornreinigungsmaschine im Speicher hat er vor kurzem demontiert, zur Hälfte. Hier hat der heute Achtundvierzigjährige schon als Sechzehnjähriger gearbeitet. Sagt es und zeigt nicht die geringste Empfindung. Zum Beispiel darüber, daß, von damals gesehen, eine Menge hätte aus ihm werden können, und von heute aus, daß nichts daraus wurde. Vor kurzem stand neben dem zerrütteten Bernd ein glücklicher Rückkehrer ins Vorwerk, der es »zu was gebracht hatte« und der sich bei einem Besuch in der alten Heimat ans Tor des Kornspeichers lehnte und mit verklärtem Stolz sagte: »Hier habe ich einmal angefangen!« Im Sinne von: Und es ist doch was aus mir geworden. Auch Bernd hatte hier einmal angefangen, doch waren ihm Anfang und Ende einerlei geworden.

Oft lehnt sie am Türpfosten ihrer Klause mit erhobenem Arm, das struppige Achselhaar, eine verwilderte Quaste, dem Wanderer bietend wie Baubo ihren Schoß. Zum Abschrecken. Es ist ein Marterbüschel, wie eine stachlige Distel umgibt es einen Klumpen Geschwür, das zur Unbeweglichkeit zwingt den erhobenen Arm. Etwas in der Achselhöhle schwillt und wuchert gegen die fromme Inkluse. Es greift nach ihr, es überzieht sie mit Dickicht. Sie verwächst zu Gesträuch, verzweigt sich zum Flammenbusch, dessen einzige Stimme ihre Hilferufe sein werden.

Auch uns reißen die unterirdischen Vögel, die häßlichen Harpyien vielsagende Sprache, Inspiriertes, vom Mund und besudeln den Raub. Dann sieht's aus, als hätten wir nur immer zu viele faule Worte gemacht. Zu wenig treffende Bilder. Das ist nicht Stil, das ist bloß Formulieren, ist bloß das Geschick, sich mit Worten aus jeder Affäre zu ziehen. Die Fliesen am Boden, mit Harpyienkot verschmiert, Blumenfetzen, Fettschlieren, Geschmeiß – nur säubern noch, immerzu säubern. Welch ein Ekel!

Von einer Anschmiegsamen, die zuerst neben ihm saß in der Flughafen-Lounge, später im Konzert schon wieder, in der Pause auch neben ihm stand und mit ihm ging und behauptete, bei ihm bleiben zu wollen, erbat er, Nichtraucher, nervös geworden, eine Zigarette, die er prompt, selbst weiß im Gesicht wie der Glimmstengel samt Filter, am falschen Ende anzündete. Opfer eines andauernden Ungeschicks, unterschied sich sein gesamtes Verhalten bald nicht mehr vom Anzünden einer Zigarette am falschen Ende. Dieser vorher selbstsichere Mann wurde von der zielstrebigen Annäherung derart überrascht, daß er sich unentwegt korrigieren mußte, sich verhedderte und lauter kleine danebengehende Griffe tat. Sie wiederum empfand, daß seine Unordnung nichts dringender verlangte als ihre schlanke ordnende Hand, die ihn berühren würde, um ihn zu entwirren, an weiterem Unsinn zu hindern und ihn zu der Vorihmstehenden und Bevorstehenden polsicher auszurichten. Sie wollte nur abwarten, bis sich bei ihm die Schauder der Anfänglichkeit legten, von denen sie selbst nichts spürte, da ihr anschmiegsamer Körper so wenig Scham und Scheu besaß wie der Mond Atmosphäre.

Er habe seine Frau stets aufmerksamer beachtet als sie ihn. Sie sei viel zu überzeugt, ihn zu kennen, in- und auswendig, als daß sie nur einen einzigen verwunderlichen Zug noch an ihm bemerke. Sie verspüre daher weder Vorsicht noch Neugier in ihrer Sicherheit. Ihr entgehen seine heimlichen Blicke, die noch immer Rätselhaftes an ihr entdecken. Daß sie hingegen keinerlei Empfinden für seine Unsicherheit ihr gegenüber besitze, fasziniere ihn wiederum und mache sie, die Alt-Vertraute, auf anziehende Weise naiv und unbewußt. Er sehe sie an und sehe, wie sie ihn verkenne.
Allerdings, es genügt ein rascher Seitenblick von ihr – und ausgerechnet den verpaßt der Mann, bemerkt ihn nicht! Er hätte ihm bewiesen, daß sie insgeheim das gleiche tut wie er: in Stille seitlich sehen und sich Gedanken machen. Sie allein aber weiß, daß die heimliche Obacht in Kürze vorbei sein und eine »nackte Tatsache« jedes feinere Vermuten abrupt beenden wird. Wenn er doch endlich einen Verdacht schöpfte! … Seinen Verdacht zu

erregen, anders als sein Begehren, fällt ihr schwer. Obgleich sie inzwischen die plumpesten Anzeichen nicht scheut, damit er von ihrer Begegnung mit dem »Händler« Wind bekommt, der Meisterbeobachter, der's längst hätte merken müssen.

Bis dahin aber bleiben sie, wie er es oft beteuerte, miteinander im unerschöpflichen Gespräch. Er habe zum Sprechen, so wie nur er zu sprechen fähig sei, niemand anderen als sie. Für sich, unausgesprochen, fügt er hinzu: Noch immer stecke er nicht in ihrer Haut. Noch immer kenne er ihr Selbst-Bewußtsein nicht. Wisse nicht, wer sie glaube zu sein. Er sehe sie ruhig und gut gefaßt in sich selbst (auch eine Art der Verborgenheit), dann wieder gerade ausgerichtet zu anderen hin, nicht nur zu ihm, auch zu allem, was ihr widerfahre, ungeschützt und gerade.

Und wenn's nicht langweilt, lieber Nachwuchs, folgen Sie mir noch ein paar Schritte »auf den Spuren ausgestorbener Liebesarten« ...!

Zuerst war da nur der Vorsprung ihres Knies, zwei geschlossene, angewinkelte Beine, während sie auf einer flachen Stufe der Freitreppe saß und vom »Abzählen der Lämmer« erzählte, bei dem sie persönlich ins Plus gerutscht sei. Dann *plötzlich das Versehen,* die geöffneten Knie, das Vlies im Grund, unbekleidet, der Augenblick, da etwas sehr Dunkles zu einer Erscheinung wird. Oder geschah es nur *gleichsam* aus Versehen? Wessen Versehen? Ihres oder seins? Oder war's nicht doch ein Wink mit dem Verborgenen? Jedenfalls verläuft hier die unsichere Grenze zwischen Absicht und Zufall: Ich zeige nicht, sondern »es blitzt«, wie einst die Großmutter sagte, wenn der kleinen Schwester der Unterrock unterm Kleidsaum vorstand.

Doch die aufgetanen Knie, die ein wenig gespreizten Schenkel sind nurmehr ein Andenken an die wunderbaren Verführungen, die vorzeiten auf solche Weise begannen. Und die beiden, die sich damals, noch nicht so lange her, zum Lächeln des Einvernehmens getroffen hätten: die das Versehen Gewährende und der vom Versehen Geblendete, der kurz darauf ernst in ihr Gesicht blickt, sie verfehlen sich heute. Denn Spiel war's nicht, bloß nüchterner Zufall. Er wird in ihrem Gesicht kein Lächeln finden, sie wird beiseitesehen und nicht einmal seinen Augen antworten. Er kommt in Frage oder auch nicht. Und das zwischen den Knien gehört ganz normal zu einem warmen Sommerabend, gezeigt oder auch nicht gezeigt.

Es kann sein, daß Nacktheit nur als Vision existiert.
Daß wahre Nacktheit nur im Versehen erblickt wird.
Nur die überraschte Nackte ist wirklich nackt. Diana.
Aber auch ihre Nacktheit ist bekleidet, gehüllt ins Licht

der Integrität. Der Unberührbarkeit. Das Versehen überrascht den Sehenden nicht minder als das Entdecktsein die Erblickte. In der Überraschung ist alles offen – offener als überrascht steht kein Mensch vor einem anderen.

Die redselige Gefährtin seiner Barbesuche überschritt hin und wieder seine Schwelle, legte sich zu ihm im dünnen Hemd. Ein gemeinsames Dach überm Kopf mit ihm, mehr wollte sie nicht. Und nur an ihren fruchtbaren Tagen kam sie. Mit immer denselben Worten munterte sie ihn auf, bei ihr zu liegen. »Wir haben es geschafft. Wir passen zusammen. Wir sehen gut aus, wir sind schlagfertig und gesund, wir sind erfolgreich und vorausschauend. Wir sind gesellschaftsfähig! Und eines Tages, in ein paar Jahren, werden wir sagen: Wir haben es geschafft. Wir haben uns gesagt: Wir schaffen das. Da liegt noch ein großes Stück Arbeit vor uns. Wir haben noch eine lange Wegstrecke zurückzulegen … So war das nämlich. Und dann haben wir einfach nicht aufgegeben. Wir haben uns gesagt: Wir kommen dahin, wo wir hinwollen. Wir haben unser Ziel nie aus den Augen verloren. Aufgeben kam nicht in Frage. Wir haben uns aneinandergeklammert und haben es schließlich geschafft. So geht das nämlich auch.«

Die weiße Hand berührte im Schraubgriff die nackte Opalbirne. Sie erlosch nicht nur, sondern beschlug kohlrabenschwarz. Aber wie ist zu sehen, daß sie nun schwarz ist? Allein die mondweiße Hand, die zur Birne griff, spendete ein spärliches Licht. Unter dem Schein der Hand küßten sich zwei mit vollem Mund. Über ihren Tellern tauschten sie den Brei, als ob sie einander atzten. Dünner Saft floß aus den Mundwinkeln, tropfte vom Kinn, dazu das lubrizierende Beginnen weiblich, im Kopf der enge Spindeltreppenaufstieg sich windender Schluchzer und das Schwebsegel über der Stirn, das sich sanft öffnet bei Luststurz.
Und noch ein *lubricum*: »Pythagoras machte, daß alles, was er mit Bohnensaft auf einen Spiegel schrieb, im Mond zu lesen war.« Jean Paul, *Siebenkäs*

Jene aber, entfernte Nachbarin, die Nachgiebige an Leib und Seele, kam mit ihrem dreijährigen Sohn auf sein Grundstück, weil bei ihr ein Wasserrohrbruch den Zufluß unterbrach. Da sie von früher, erster Liebesversuch, sein Gelände gut kannte, ging sie ohne weiteres auf das Nebenhaus zu, um dort an einem Auslaß ihr Kind und sich selbst zu waschen. Er sah ihr zu, unterbrach dann aber die Morgenarbeit im Garten, winkte und ging zu ihr. Er sagte, sie möge nicht das Wasser am Auslaß nutzen, es sei ja nicht warm. Er begleitete sie zum Haupthaus. Das Kind lief den Hühnern nach. Auf der Treppe drehte sie sich zu ihm um – mit dem ihm vertrauten Lächeln unendlicher Freundlichkeit. Es wirkte auf ihn nicht weniger beglückend als bei ihrer früheren Begegnung. Er sah in dieses herzliche Gesicht und sagte: Ich möchte dich einmal wieder küssen. Es gibt nichts zwischen uns, das mich dir entfremdet hätte.

Seine Liebe war seinerzeit an ihrer Nachgiebigkeit erlahmt. Gleichsam in Wärme und Güte untergegangen. Sie war zu weich, zu widerstandslos, es fehlte jede Spannung zwischen Mann und Frau. Er konnte sie nicht greifen oder fordern – ihr Geben und Gewähren verhinderten es. Und dieses Zulassen hatte auch immer einen Anflug von Es-Lassen gehabt.

Schon ihr Lächeln zur Begrüßung zeigte, indem sie die inneren Augenbrauenspitzen leicht emporzog, einen Anflug von Sorge: ob auch alles an ihr gut genug sei, nicht etwas an ihr den Begrüßten enttäusche? Und wenn ihr Lächeln verrann, die Freude-Fältchen unter den Augen sich glätteten, die Wangen nicht mehr von den geöffneten Lippen angehoben wurden, blieb einzig dies Feldzeichen der Sorge auf ihrem Gesicht, blieb dieser Brauenspitzenknick über der Nasenwurzel stehen.

Unterdessen hatte sie nichts von ihrer Gefälligkeit und damit auch ihr Körper nichts von seiner unverführerischen Art verloren, nicht zuvörderst den Mann, sondern stets den herzlieben Menschen zu sich zu nehmen. Die erneute Umarmung ähnelte der früheren und blieb wie-

derum weit unter dem »Niveau«, dem Glanz und Spiel ihres Gesichts. Es war kaum mehr als ein Akt der Warmherzigkeit.
Zuweilen geschieht es ja, daß zwei unterschiedliche Temperamente, unterschiedlich temperierte Gemüter sich in der Umarmung gewissermaßen thermisch ausgleichen. Daß etwa die hastige Hitze des einen sich mäßigt, während die leichte Kälte der anderen um ein paar Temperaturgrade ansteigt. Aber sie, die liebenswürdige Nachbarin, Einsiedlerin mit Kind, die mit Stirn und Braue Sorge trug für seine Lust, die darauf unweigerlich an ihr abnahm und dahinschwand, sie ließ sich solchen Temperaturunterschieden, wie sie zwischen den Geschlechtern bestehen, überhaupt nicht zuordnen. Sie war die Nachgiebige, die, bis sie nicht mehr war, ihm Raum gab.

Noch bliebe die subtile Geschichte eines Mannes zu erzählen, der, sexuell unergiebig, für eine Frau im Grunde nicht in Frage kommt. Der seine Frau über alles liebt und sie keineswegs vernachlässigt. Die Frage, ob genug oder nicht genug, stellt sich nicht. Es geht ausschließlich um das Rätsel: Woher die geheime, wenn nicht gar rebellische Keuschheit im Untergrund der Umarmung? Ebenso wenig geht es um die Frage nach gewissen nicht ausgelebten Phantasien. Auch bei ihr nicht, alles kommt vor und geschieht, und doch spürt sie bei allem Lustgeschehen etwas Unbewegbares und versteht nicht, wo der Mangel steckt. Er sagt, es gebe für immer nur sie, und wenn nicht mehr sie, dann Schluß für immer mit allen. Und sie sagt: Bei aller Liebe – das Wichtigste, das Höchste von allem sei, es immer wieder zu tun, zu ficken. Um einmal das Wort herauszulassen, das ihnen vielleicht weiterhelfen könnte …

Es ist wie der komplette Ausfall des Geruchssinns bei jemandem, der gleichwohl weiter ißt, ohne wirklichen Appetit, doch immer in der Hoffnung, daß ihm das Essen selbst die Erinnerung an Arom und Duft der Speise weckt. Bei einer vom Instinkt gelenkten Frau wäre es von Anfang an eine Geruchsfrage gewesen – sie hätte untrüglich und auf Anhieb das Ungenügen gewittert, das männliche, eines Mannes. Inzwischen aber, da der Instinkt bei den meisten aberzogen und verödet ist, muß eine sinnliche Frau schon an die tausend Mal mit einem Ungenügenden schlafen, um irgendwann festzustellen, daß sie auf eine perfekte Nachahmung von Lust und Liebe hereingefallen ist.

Die Geruchsfrage – diese Witterung einer männlichen *Unergiebigkeit,* dieser sandkuchenhafte Geruch einer tiefinneren Keuschheit – hätte die Wahl verhindert. Tiefinnen blieb ihm etwas vom unschuldigen Kind. Oder blieb er jemand, der eine von ihm erregte weibliche Freude eher mit neugierigem Staunen begleitete, als daß sie ihn mitgerissen hätte. Den Neugier überhaupt mehr als Gier an seine Liebste fesselte.

Niemand wird so heiß geliebt wie der streunende Verschwender (Geld gleich Samen), der von der Person, die ihm anhängt, sich ihm ergibt, irgendwann todsicher als treuloses Schwein, Betrüger und Verräter erkannt und gerufen wird. Aber an seiner Sinnlichkeit will sie, solange es irgend geht, ihren Anteil haben! Dabei merkt sie in der Regel nicht, daß sie für ihn nur ein fabuliertes Wesen ist, da ihr realer Körper, ihr begrenztes Individuum niemals als Grund für seine Verausgabung genügen könnte.

Sie ist nur eine kleine Locke, eine hübsche Formentsprechung der Woge, die ihn weit über die Person und ihre Gegebenheiten hinausträgt.

Ganz anders der Aufgesparte, der Enggeschnürte, der Rücksichtsvolle –, der nicht großzügig über die Frau, die er vor sich hat, hinaus sich verschwendet, der vielmehr ihren realen Umriß wahrnimmt und ihn liebt und damit auch in jeder Sekunde von ihrer Realität enttäuschbar bleibt. Für ihn ist sie das *endliche* Gegenüber, jemand, die nicht einfach seinen Weg kreuzt, sondern sich ihm in den Weg stellt, unumgänglich wird.

Dabei geschieht es unvermeidlich, daß Zug um Zug die Farben der Ferne und der Fremdheit schwinden, bis sie ein wenig blaß und unverbrämt vor ihm steht: die Frau als Mensch! Wechselnd gefürchtet und gesucht, beargwöhnt und sehr benötigt. Der also, der sie am ehrlichsten sieht und ausersieht mit unbestechlichem Blick (gibt es den?), gerade er reizt nicht, ihn liebend zu verkennen. Seiner Aufrichtigkeit wegen wird sie ihm gewiß nicht verfallen, ja sie wird sie ihm nicht einmal verzeihen, denn die sinnliche Armut, nichts als aufrichtig zu sein, unterscheidet sich von anderen männlichen Schwächen dadurch, daß sie keine Frau rührt und keine Träne bewegt.

Von Tag zu Tag weniger werdend: Sie spürte die auslassenden Kräfte seines Körpers, der sie früher gepackt und umfangen hatte … Nun trug sie den Todkranken leicht, als steckten statt Knochen luftgefüllte Vogelgelenke in ihm, auf ihren Armen. Sie hielt seinen dünnen Nacken aufrecht, sie hob ihn unter den Kniekehlen empor, richtete ihn aus, als wollte sie ihm die Brust geben, diesem dunklen Gesicht eines Dunklen, langes verklebtes Haar, seit Wochen kein Schnitt mehr, und der Angehobene konnte nichts mehr trinken oder wollte nicht, erlosch an ihrer Brust, erlosch. Nun war es der Liebste nicht mehr, ein Abgelöster von dem, den sie liebte, denn der Tote ist ja der liebste Mensch als jemand, den man nie zuvor sah. Der Schwarzgewordene. Schwarze Augenringe und Wangen voll Schatten, vor kurzem noch blutarm weiß, totenbleich und jetzt schwarz und schwärzer werdend die Mulden und Kerben, Schwarz stieg, Nekroseschwarz, verdrängte die Reste vom heiligen Totenweiß … Ach, könnten wir noch einmal den Strohsack über den Dachfirst werfen!

Wovon sprechen wir denn, tausend Dichter, alle wie mit einer Zunge? Na, immer und ausschließlich von diesem Verfehlen und jenem Danebengehen. Und zu wem reden wir davon, tausend Dichter vielleicht sogar mit tausend Zungen? Zu lauter Vorüberziehenden, die Bücher nur mit einem Seitenblick in ein Schaufenster streifen. Passanten! Vergeblich der Versuch, sie aufzuhalten! Wir wollen ja nur den einen Einzelnen zum Leser gewinnen, den Einzelnen brauchen wir zu Tausenden! Ihm, dem glücklich Eingefangenen, möchten wir immerzu raten, den eingeschlagenen Weg abzubrechen, nach Hause zurückzukehren und noch einmal nachzulesen, was da wirklich geschrieben steht.

Die kraftlosen Pupillen, das verwässerte Graublau, die notgroßen Augen einer nach Jahrzehnten wiederkehrenden Frau, in einer Bluse mit tiefem Ausschnitt, der viel knöcherne Brustplatte zeigt und einen entmutigten Busen, Frau mit altblondem dünnen Haar, die noch einmal an seine Tür klopft und mit der er aus Obhutspflicht die zweite Ehe eingeht.

»Erinnerst du dich?« fragt sie und lehnt wieder am Fenster des Zimmers, in dem sie auf ihrer ersten Hochzeitsreise Station machten und das sie nun nach fünfzehn Jahren wiederfand. Nach rechts und nach links blickt sie über den Marktplatz, während wie damals die Glocken der Erlöserkirche zu Mittag läuten und die Turteltauben über die Markstände fliegen.

»Erinnerst du dich?«

»Nein«, antwortet ein wenig verwundert der Mann – und es muß in diesem blassen Ton unentschieden bleiben, ob er es in seiner Nüchternheit vergaß oder sich gerade vergewissert, daß er tatsächlich niemals an diesem Ort gewesen ist. Auch die vielen gleichen Schritte zweier Menschen werden kaum je zu den gleichen Erinnerungen führen.

Er begehrte in diesem Zimmer diese eine, damals so schöne Frau – doch die Stunde des Beginns enthielt bereits ihre ganze Geschichte, Ehe, Paarung, Trennung, Abkehr und Wiederkehr. Diese ganz-zeitliche Stunde, nicht teilbar in Daten oder Strecken, erscheint erlebt, wenn überhaupt irgendwo, dann auf dem weit offenen Gesicht einer Frau in der Lust, im Augenblick des »Alles auf einmal!«.

Der Mann, der die Todeskrankheit seiner Frau nicht wahrhaben und sie immer wieder ins Leben zurückschleppen will. »Komm mit! Wir machen eine Bootsfahrt. Ich rudere dich über den See!«

Doch sie sagt, als ob sie ihn sanft aufklären muß: »Das kann ich nicht mehr. Ich bin sehr krank.«

Sie liebt ihn aber um so mehr, je zärtlicher und unbeugsamer er ihre Lage verkennt.

Gleichzeitig will ihr scheinen, daß sie das Angebot des Todes, nämlich nicht gleich zuzuschlagen, sondern sie langsam und schmerzlos schwächer werden zu lassen, nur unzureichend nutzt. So wie sie auch ihr Leben niemals mit voller Lebensbereitschaft führte. Oder war es umgekehrt? Vielleicht war es ein Leben, welches das Maß ihrer übergroßen Lebens*bereitschaft* nie erfüllen konnte?

Deutera, seine zweite Tochter, trug im Sommer schwere Mäntel und im Winter nur den dünnen Rock. Stand vorm Spiegel morgens mit zwei langen schwarzen Zöpfen, in schwarzer Hose, Hosenträger breit und bunt über einem weißen Hemd und im Gesicht ringsherum Rasierschaum. Den Rasierer ohne Klinge ansetzend, war sie die Frau, die jeden Tag mit der Versetzung in den Papa begann.

Deutera wird nach dem plötzlichen Tod ihres geliebten Vaters, des unzulänglich publizierten Biologen Werner Saartes, zuerst die Gespielin, dann die Geliebte, schließlich die junge Ehefrau des Verlegers Taddeus Melzer, und dies mit der einzigen, im Grunde betrügerischen Absicht, sich ein eigenes Verlagshaus zu schaffen, um dort hingebungsvoll und rücksichtslos für das Werk ihres Vaters tätig zu werden. Während sich die Vermählten zur Hochzeit gegenseitig je einen Grundstein zur Gesamtausgabe der Saartes-Werke schenken, sie das Editionskonzept, er den Finanzierungsplan, gilt bereits nach dem Erscheinen des zweiten Bandes der Bestand von Ehe,

Edition und Verlag als gefährdet und treibt auf einen dreifachen Ruin zu.

Wer war sie sonst noch? Man sieht sie am Neujahrstag im Sommerrock eilig auf der Straße gehen. Ihr Haar liegt jetzt gefettet und straff an den Schläfen. Sehr schön und unbewegt ist ihr Gesicht. Man sieht sie, die schmal ist, wenn sie, überwölbt von einem schweren Mann, den Kopf nach rechts wendet, sich auf die Unterlippe beißt – und dann streckt sie dem Gottseibeiuns, der nach jedem mißglückten Liebesakt frohlockt, schon beim Aufstieg der Freude die Zunge raus. Die kleinen Hände mit gespreitzten Fingern stemmen sich gegen die Schultern des Manns, wie man eine kippende Statue aufhält, die einen unter sich zu begraben droht.

Sie sagte: Du bekommst gerade denselben Ausschlag, den jetzt alle bekommen. Sie hob ihr Gesicht, und er hatte Mühe, ihren schmalen Kopf aufs Kissen zurückzubeugen. Er sagte: Es wäre für mich das Schönste gewesen, du und ich.
Sie antwortete: Weshalb wählst du eine verkehrte Zeitform? Wir stehen uns noch bevor.
Er sagte: Du bekommst von mir den Ausschlag auf beiden Gesichtshälften, wie jetzt alle ihn bekommen. Und du wirst, genau wie ich, allen ähnlich sehen.

Da erwiderte sie: Ich werde nur dir ähnlich sehen mit dem Ausschlag im Gesicht, denn ich werde ihn ja von dir bekommen.
Er: Obgleich ich doch allen anderen ähnlich sehe.
Sie: Sobald ich dir ähnlich sehe, kann es keine Ähnlichkeit mit allen anderen mehr geben. So wie auch das Allgleiche der Umarmungen in meinen Armen untergeht.

Tobsucht der jungen Frau, die es nicht zulassen will, daß ihr der Zurückbleibende, der Geliebte in der Menge entschwindet. Plötzliche Wildheit der zarten Person, die sehenden Auges den einen verliert, der hinter ihr im Gedränge untertaucht. Rufe und Flüche, die sich zu großer Schelte steigern. Und wie sie nun jede Fassung verliert, wird sie von ihrem stärkeren Bruder am Ellbogen gefaßt, vom Platz in die schattige Gasse geschoben, widerwillig abgeführt, während sie sich mehrmals umdreht und höllische Verwünschungen gegen das Menschengewühl schleudert. Denn dieses Ungetüm ist es, das sich den Geliebten einverleibt.

Wie einer am Schluß, der schreiende Ochs, alle Ställe zertrümmert … wo aber nebenan ein Getränkeautomat verschont bleibt und immer mal wieder jemand vorbeikommt, der sich eine Büchse Cola oder ein Dosenbier holt … Er saß, als hätte er seine besten Jahre still neben diesem Automaten verbracht; mit nichts anderem beschäftigt, als den Getränkeholern ein wenig nachzusinnen, sie mit ein wenig Lebenswerg (*wie eingangs dargelegt: Werg oder Hede!*) auszustopfen, dabei die Kinderaugen niemals von der Mauer gewandt, um nur ja diesen einzigen Augenblick des aufbrechenden und erzitternden Mauerwerks nicht zu verpassen, beinahe ein halbes Leben in Erwartung einer gewaltigen Erderschütterung, ohne sich vom Fleck zu rühren.
Eine Auswolkung seiner selbst, düsteres Dampfgebild, einmal wird's sich entladen mit zornigem Lärm und wird den anderen, am Boden kauernden Selbstteil erschlagen.

Soll einer erst mal mit den alten Worten gelebt, auf engstem Raum mit ihnen, den raumtilgenden, gehaust haben, bevor er sie »ältlich«, »altertümelnd« oder »zopfig« nennt. Ihr Altertum liegt nicht still wie ein Ausgrabungsfeld. Es rührt sich in Erdstößen und Verwerfungen, Entladungen, die schon die Vorhut des Bebens sind, das eines nahen Tags die ganze neumodische Wörterei zu Fall bringen wird. Was dem Neunmalklugen absurd vorkommt, wovon aber der uralte kindliche Traum uns immer wieder überzeugt: es gibt ein Ende der Welt, gibt den mit Brettern vernagelten Abbruch des eingeschlagenen Wegs. Die Gänge, die Treppen, die Bahnen sind nicht unaufhörlich, sie brechen plötzlich ab; und selbst das undinglichste virtuellste Gezücht steht dort ratlos vorm Ende wie der Ochs vorm Scheunentor. »Er hat meinen Weg verzäunt, daß ich nicht kann hinübergehen, und hat Finsternis auf meinen Steig gestellt.« (Hiob)

Die späte Fantasie eines Zeichners, die den Betrachter entführen wird, spielt zunächst im Rahmen dessen, was man seit jeher von ihm kennt – und entführt dann unverhofft aus diesem Rahmen hinaus. Auf jedem Blatt kommt nun ein tieferes zum Durchschein. Brüchig wird die Einfriedung der bekannten Bedeutung. Der Betrachter wird von Anspielungen gekitzelt, gestoßen, genarrt … Der Blickfang ist das trügerisch Bekannte. Man würde gar nicht angezogen, wenn nicht der Eindruck des Schon-Einmal-Gesehen! vorausginge, das kurz darauf das Nie-Zuvor-Gesehen! freigibt.

Weiter im Text! sagte nach einem kurzen Hustenanfall der alte Romancier.
Seine Stimme blieb unermüdet, seine Rede ein nächtlicher Fluß, auf dem die Lichter der Episoden tanzten …

Es zeigte sich gleich, daß ein direktes Auge beiden nicht guttat, und sie zogen es daher vor, sich bei einigen gemeinsam ausgeführten *beiläufigen Handlungen* näherzukommen. Also steckten sie die Köpfe zusammen, beugten sich über sein Handy, und sie zeigte ihm einige neuere Apps, die er nicht kannte. Du gehst zuerst auf Einstellungen. Zufällig geriet sie auf die Liste ›Letzte Anrufe‹. Da! Meine Nummer. – Deine? Wann war das? – Mal sehen. Vor einem Jahr. – Hast du nicht zurückgerufen? Vor einem Jahr? – Doch. – Gibt's doch nicht. Was hast du damals gesagt? – Daß ich jetzt in der Stadt bin und wir uns sehen könnten. – Ein Glück, daß du es ein zweites Mal versucht hast, heute, nach einem Jahr!

Mit ihrer Scheu vor eindeutigen Worten, vor jedem »Klartext« zurückzuckend, aber flink und unverfolgbar in verschlungenen Ornamenten sprechend, bleibt sie ihrem Liebsten, bleibt sie männlicher Vernunft an sich oft unzugänglich und wird nur selten so verstanden wie erwünscht. Niemals wird sie etwas sagen können, ohne sich in Abschweifungen zu verlieren. Was sie selber glaubt offen dargelegt zu haben, bleibt für ihre Umgebung eine dichte Verästelung von einander widerstrebenden und sich überlagernden Botschaften, gleichsam ein Glossenwerk, überfüllte Ränder eines letztlich unerschließbaren Haupt- und Grundtextes. Doch schön ist es, wie jedes ihrer Geistgewächse, jede ihrer sich rankenden Umschreibungen die natürliche Wildnis verdichtet, der zwei Menschen ihre erhöhte Wachsamkeit wie auch ihr blindes Vertrauen zueinander verdanken.

In seinem Gedächtnis brennt ein Leben lang dies Nach-ihm-Schauen von einer jungen Wißbegierigen, vorzeiten, vom anderen Ende einer Mittagstafel, das sichernde wie das Wild im Wind, als alle anderen noch auf ihre Teller sahen.

Immer so, daß sie den linken Arm an die Hüfte setzt und mit der rechten Hand das aufgestützte abgeknickte Handgelenk umfaßt, einhenkliger Krug, ziemlich lange Arme, der rechte liegt flach über dem Bauch. Den Blick gesenkt auf die rechte Fußspitze, die am Boden Steinchen bewegt, lauscht sie dem Schmälen der betrunkenen Mutter, den immer wieder erhobenen Vorwürfen, der erschöpfenden Abrechnung, den kreisenden Schuldzuweisungen, dem Sich-Nicht-Beruhigen-Können, dem breit strömenden Brustton des Abscheus, der tiefen mütterlichen Macht der Verurteilung … dem Brustton, der nicht abzustellen ist und auch die banalsten Enthüllungen bläht.

»Es ist Sonntag heute, Sonntag und nicht Samstag, nicht erst Samstag, und morgen ist vielleicht Montag, und dann geht wieder die Woche von vorne los, dann geht alles wieder von vorne los, und die ganze Woche lang geht das mit dir von vorne los. Vorwärts, Sonntag, zeig, was du kannst! … *Ich* habe damals den Zehnplattenwechsler bekommen, als ich siebzehn wurde, ich, zu meinem siebzehnten Geburtstag, den Zehnplattenwechsler. Und nicht du! Ich kann dir nicht sagen, was Radiohören für mich bedeutet hat … damals! Wie ich mich in das alte Radio meiner Eltern verkrochen habe, mit siebzehn, mit nichts als einfacher Bumsmusik drin, unter dem magischen Auge, ich, nicht du!«

Und immer wieder versucht die Tochter, zwischen das Geröll der Sätze zu kommen und es mit einer kleinen Barriere aufzuhalten: »Mutter, deine Kälte, deine –«, und wird sogleich überrollt, die Mutter setzt noch lauter nach: »Unter dem magischen Auge!«

»So viel Kälte, unmenschliche Kälte strömst du aus!«

»Ich? Kälte? Glaube ich nicht. Kann nicht sein. Du spürst etwas, was es bei mir nicht gibt. Du *willst* es spüren, damit du es sagen kannst! … Es gibt Menti. Mentiküren, die für das Hirn dasselbe bedeuten wie Maniküren für die Hände … Geistpflegerinnen. Das sind wir doch, Mädchen, vielleicht gehörst du auch dazu?«

Kürzlich traf er seinen alt gewordenen Assistenten wieder und fragte ihn genau wie einst, was er denn Neues im Kino gesehen habe. Er erinnerte sich an jemanden, der früher unentwegt ins Kino gegangen war. Einmal, bei einer Vorstellung von Kubricks *The Killing*, hatten sie in einem Kölner Kino zusammengesessen, der Meister war mit seiner Frau gekommen, die einige Wochen später die Geliebte des Assistenten wurde. Oder, bleiben wir bei der Wahrheit, der es eine kurze Zeit gefiel, den Mitarbeiter ihres Mannes zu dessen gezielter Beschädigung als ihren jugendlichen Liebhaber auszugeben.
Aber das war lange her und dem Meister offensichtlich in Vergessenheit geraten. Die Frau war seit Jahren nicht mehr an seiner Seite, und von alledem war ihm nur das Kino geblieben, der Dämmer, in dem irgendwelche einander ablösende Begegnungen sich angebahnt hatten.

Eines Tages aber stirbt uns ein Zugehöriger oder verläßt uns ein Kind, um im Ausland zu heiraten. Dann ist es der Abschied, der bleibt und allem, was war, einen Sinn gibt. Doch später … eines anderen Tages ist all das nur noch ein Wissen. Und irgendwann sogar ein überwundenes Wissen. Was dann?
In Ozus *Late Spring* verläßt die Tochter den Vater, um spät zu heiraten. Wir sehen ihr Lächeln, das vollkommene Freundlichkeit bedeutet. Wir sehen, daß es ein *Lä-*

cheln an sich gibt, wie Wärme in den Händen. Doch wehe, es verschwindet, das Gesicht (der Tochter) ist dann von Erschütterung glatt – und die Hände sind kalt.

Eine junge Frau im Trauerkleid, der weite Ausschnitt ist vom Schleier bedeckt. Umhängetasche über der rechten Schulter. Große schwarze Brille. Ihr Freund, der sie lange stumm begleitet, verläßt ihre Seite und tritt vor sie. Er legt beide Hände auf ihre Brüste und beginnt mit dem Daumen zu streicheln, versucht sie in Lust zu versetzen, wonach es eine Frau, wie ihm irgendwoher erinnerlich, gerade in der Trauer besonders verlange. Die Frau nimmt die Brille von den Augen und sagt: »Nicht.« Der Mann tritt an ihre Seite zurück, und sie gehen weiter. Jetzt kommen von ihr ein paar Worte, und zum ersten Mal gelingt es ihm, ihr unbefangen zu antworten und nicht vor der Autorität ihres Schmerzes, vor ihrem schwarzen Thron als ein hilfloser, schüchterner Untertan zu stehen.

Schön/unschön waren die etwas eingewachsenen Lider im inneren Winkel ihrer Augen. Das Auge war nicht sehr lebendig, nicht sehr gelenkig, wie der ganze Mensch offenbar nicht, der von einer dunklen Stetigkeit beherrscht wurde, und es war, wie ihm schien, die Stetigkeit der Sucht. Der Sucht, berührt zu werden. Ein stilles, ausdrucksarmes Gesicht, dachte er, das jeden, der es entdeckt, jeden Aufmerksamen, der ihrem Blick begegnet, sofort in den Bann sexuellen Schweigens zog …

Alexandra! Unverhofft sah er sie wieder! Erkannte sie jedoch erst auf den zweiten Blick. Und der erste hatte sie falsch gesehen! Nach so vielen Jahren, in denen sie getrennte Wege gegangen waren. Für ihn war sie die ein Leben lang Versäumte. Immer war ihr etwas dazwischen gekommen. Eine plötzliche Erkrankung, eine berufliche Herausforderung, die alle Kraft kostete, ein Ortswechsel und schließlich die Geburt der Tochter, Vater unbekannt.

Auf einmal sah er es wieder, ihr verträumtes Gesicht, es war keineswegs steif und ausdrucksarm, es stand unmittelbar vor ihm, mit der Blendwirkung einer Vision. Augen onyxschwarz, der Mund halb offen, die Lippen fein geschwungen mit leicht lasziver Wulst, die Miene ein wenig unruhig, und über der Nase – endlich wieder! – der halb fragende, halb ironische Brauenknick. Die Schönste, die allzeit Schönste! Die Zähne oben etwas zurückfallend, rechter und linker Eckzahn vorstehend, Schatten eines Damenlippenbarts. So ermittelte er jede Nuance ihrer unbegreiflichen Erscheinung, näherte sich auch dem Unsichtbaren, der Ausstrahlung, der Aura-Hülle, und zwar, wie ihm schien, mit einer neuartigen sinnlichen Wahrnehmung, gleichsam mit hochauflösenden,

digital verfeinerten Sensorien … Alexandra! Sie kehrte sich zu ihm, und er erblickte sie jetzt mit Leib und Seele. Worauf er unwillkürlich sagen mußte: Ich liebe dich! Und sie, in einem gedämpften Echo, fast wie eine Trauernachricht, gab ihm zurück: Ich liebe dich auch.
Späte Eröffnung von etwas Unumgänglichem. Doch da war nichts mehr nachzuholen. Sie hatten versäumt, es sich zu sagen zur rechten Zeit.

Hilfsbereit war sie, aber sie liebte ihn nicht. Er fragte, ob sie ihn lieben lernen wolle. Und sie antwortete: Warum nicht.
»Also versuchen wir einander zu gefallen.«
Es sind dann ein paar kleine Verfänglichkeiten, welche die beiden sich aneinander gewöhnen lassen.
»Die große Liebe ist das aber noch nicht, oder?« fragte das freundliche, hilfsbereite Mädchen, das sich nicht einschmeichelte und ihm nicht schöntat. Die Verträgliche.
»Beklag nicht, was fehlt. Begrüße das Neue.«
Einen Eindruck von der soliden Ungerührtheit der Nichts-Lernenden verschaffte ihm schließlich eine saloppe Redensart, die sie benutzte, als er sie bat: »Ruf mich bitte heute abend an!« Sie antwortete: »Mogwi.« (Für: Machen wir.)
Und er gab die Sache auf.

Wo noch gerade stehen? Er unterschied die Menschen nach der Haltung und dem Haltungsbruch. Das Aufrechte und das Gekrümmte. Seinen entwicklungsgeschichtlichen Erfolg feierte das Geschöpf beim Gehen, Stehen, Begrüßen, auch beim Sport. Zum Bruch der Haltung führten Jammer, Unterwerfung, der Rausch, die Liebe und die Not.

Die heute am meisten eingenommene Haltung, die vorm Bildschirm, ist häßlich und unfrei, aber aufgrund stupider Aufmerksamkeit im weltfrommen Gesicht muß man sie dem Aufrechten zuschlagen. Demgegenüber besitzen der Jammer, die Unterwerfung und die Not eine reiche Gebärdensprache, aber sie ist die des Gebeugten, Gekrümmten und markiert den Bruch mit dem lebensbewältigend Aufgerichteten.

Wir sind alle sehr klein, doch unsere Bescheidenheit hat noch kein Gesicht.

Am Fuß der hohen Freitreppe vor dem ehemaligen Postamt stand die Frau, die er nicht mehr erwartet hatte. Nie zuvor durfte er in ein Gesicht von solcher Klarheit und Unverschlagenheit blicken. Dennoch blieb er vorsichtig und zurückhaltend. Sie sagte, ohne es selber zu glauben: Also – ich gefalle dir nicht.

Oh, und wie du mir gefällst! Ich kann es nur einfach nicht fassen.

Die Gesandte, ihm Gesandte empfing ihn am Fuß der Treppe, die er, so schien es ihm, seit Jahren trödelnd hinabstieg, Stufe für Stufe den Schritt verzögernd, und sie nahm ihn beiseite.

Nun, das habe ich auszuhalten, denn ich habe *einmal* geliebt gelebt, sagte er sich bei jedem Unrecht, das ihm in späteren, wieder einsamen Jahren geschah.

Nicht vorteilhaft – eine Floskel, die ihm nie zuvor in den Sinn gekommen war. Nicht vorteilhaft das schulterlang getragene Haar der Gastgeberin, und er hätte es ihr am liebsten gesagt, in einem besonders schmiegsamen liebevollen Ton. Aber es bot sich keine Gelegenheit, als sie ihn während der Konzertpause auf dem Rasen ihres Gutshofs ansprach, jemanden, der von keiner Musik je berührt wurde. Wie eine Wurzel durchzog das Gesicht der Veranstalterin eine Falte vom Jochbein bis zum Mundwinkel. Er wich ein wenig beiseite.
Und sie sagte: »Da ich immer auf Musik gehört habe, auch wenn ich sie nicht verstand, so hat sie mich dennoch belehrt, wo die Heimat und wo die Grenzen meiner Empfindungen sind. Worte oder Bilder haben mich niemals so präzise unterwiesen, sondern oft nur zu leichtsinnigem Verstehen verführt.«

Nun erblickte er im Spiegel ihres Lächelns einen verkrampften, langen Körper mit einem viel zu kleinen, aufgequollenen Kopf – eine für einen Mann geradezu unmögliche Gestalt, an die keine Frau ein Lächeln verschwenden würde, und das war er selbst in seinem schäbigsten Selbstgefühl, wie er da vor ihr stand. Aber das unbarmherzige Bildnis verschwand mit den weiteren Worten, die sie an ihn richtete. Es ging um Musik und ihre Neigung zu den Komponisten des französischen Impressionismus, nicht nur Debussy, sondern auch kleinere, Chausson, Ibert, Fauré.

Später sprach im ganzen Haus die Gesellschaft, die sich nach dem Konzert auf die verschiedenen Räume verteilt hatte, ausschließlich von Musik. Und stets mit virtuosem Gespür für die kritische Nuance. Man kannte allgemein die neuesten Einspielungen berühmter Werke und nannte auch die Interpreten, empfahl sie einander, wo es noch nötig war. Aber das Wesentliche bestand doch in den Berichten, die die einzelnen zur Wirkung der Musik gaben. Sie umschrieben, auf welche Weise sie das Unfaßliche, in Worte schwer Faßbare, beschäftigte und nicht mehr losließ. Selbst musizierend an einem bereitstehenden Flügel oder auf einer herbeigeholten Klarinette, aber auch in der Reflexion, in der historischen Erörterung, in der Kompositionsanalyse. Der Ungerührte sah sich von lauter hochgestimmten, erregten, schließlich nur noch in Melodien, Motiven, Akkorden und Intonationen sich austauschenden Menschen umgeben, die ihn in seiner

Stille für den Allerverständigsten hielten und gar nicht bemerkten, daß ihm kein Ton einging.

Der junge Kollege fragte den Berühmten, wie denn so viele Freunde in seine unmittelbare Nähe gelangen konnten? In Wahrheit empfand er einen bitteren Neid, da er nicht einen einzigen besaß. Aber jener, der vielen als der große Gütige unter den Künstlern unserer Tage galt, antwortete ihm mit einer überraschenden Verächtlichkeit: »Alles Lemuren. Die Menschen, die man anzieht, sind zerdrückte Seelen, Speichellecker voller Anmaßung und Niedertracht.«
»Aber warum dulden Sie die in Ihrer Nähe?« fragte der junge Autor erschrocken.
»Es kostet mehr Kraft, mich ihrer zu erwehren, als ihre Ergebenheit zu erdulden. Außerdem tut es einem herausstehenden Menschen nicht gut, gänzlich auf einen Hof um sich herum zu verzichten. Es war nie anders: wer etwas größer ist, zieht viele Kleine an. Die Schwachen, die ihn umgeben, verstärken im übrigen seine Potenz – in jeder Hinsicht.«

Nun wußte der Nachwuchs, widersprüchlich belehrt, daß man so oder so keine guten Freunde finden könne. Wenn man zu mächtig ist, zieht man die falschen an; wenn man aber nur und bis auf die Knochen ein Unter-

tan der Literatur ist, jung, unbestimmt, wechselnden Einflüssen erlegen, ist man für niemanden attraktiv und findet unter all den sich für *selbstständig* haltenden Menschen so schnell keinen Weggefährten.
Als nun der alte Romancier bemerkte, daß er seinen Gast eingeschüchtert und verunsichert hatte, fügte er, um ihn aufzurichten, die Erzählung von seinem eigenen imposanten Lehrer an, der ihn anfangs beinahe erdrückt habe. »Sein Embonpoint bestand aus Ruf, das Gewicht seines Gewichts bestand zu großen Teilen aus Ansehen, und er ließ es mich spüren. Es war, als lehnte er ich-beleibt, stolzer Ich-Besitzer, bequem in seiner Eingangstür und füllte sie aus. Tatsächlich aber war er von Statur eher schlank, stellte aber dies breite Gebilde an Bedeutung vor, und ich als sein Schüler war gewissermaßen der kleine Drogenbote, der ihm ein weiteres Mal den ungestreckten Stoff Illusion anzubieten hatte. Aber! Dieser Mann von Bedeutung war zugleich mein bester Lehrer! Erst mit der Zeit war er ›innerlich‹ so dick, so unförmig geworden, weil sein künstlerisches und liebendes Herz sich verkrochen hatte, nur noch eine blubbernde Zyste unter der Brust, und er aus Künstler-Kummer der Freßsucht von Ehren und Schmeicheleien verfallen war. Er hatte sich mit Ruf genudelt!«

Vor ihrem Schlafzimmer, nachts, im dunklen Gang, klackten die Räder der beiden Stromzähler. Sie legte ihren kurzen schwarzen Rock ab, die hohen Schuhe, man sah die runden Knie, sah die stämmigen Schenkel angezogen, während sie auf der Bettkante saß und die Strümpfe abpellte. Ihr Gesicht gerade, großflächig und etwas matt. Die Hände ebenfalls sehr groß, großflächig.
Sie trägt einen enggeflochtenen, langen Haarzopf auf dem Rücken. Sie erhebt sich vom Bett, einem großen hölzernen Viereck, einem Bettkasten, der frei im Zimmer, entfernt von Wänden steht. Sie schlägt das Bettzeug auf, beginnt ihre Haare zu lösen, geht dabei zu ihrem Schminktisch und setzt sich mit aufgerichteten Schultern vor den Spiegel. Sie säubert sorgfältig Lider, Wimpern und Gesichtshaut. So bleibt es eine Weile. Dann zeichnen sich allmählich der Schatten, dann die Umrisse eines gekrümmten Wesens ab unter dem glattgespannten Bettlaken. Eine kauernde Gestalt wölbt sich herauf und drückt gegen das Tuch, bis es zu reißen beginnt. Sie betrachtet – und wagt nicht sich umzudrehen: in ihrem Spiegel die Geburt des Mannes aus der Matratze.

In einer durchlässigen Minute des folgenden Tags spürte die Frischverliebte den Luftzug einer zugeschlagenen Tür, hinter der, ein paar Kilometer von ihr entfernt, der Mann, mit dem sie den vergangenen

Abend verbracht hatte, verschwand, um sich seinen Geschäften zu widmen. Sie spürte, daß ihm das frohe Gespräch, von dem beide mit großen Augen aufgestanden waren, plötzlich wie mit einem Federstrich entwertet und bedeutungslos geworden war. Nicht eigentlich in Vergessenheit geraten, sondern seiner Nachwirkung beraubt, einer bis dahin anhaltenden Beunruhigung oder Sehnsucht. Wie anders am Abend. Wieviel Verständigung, wieviel ernstes Erstes, wieviel Beginn! Alles bei ihm im Nu verflogen unter den nüchternen Interessen des Tages, der folgte – und sie, allein mit ihrer geradezu übersinnlichen Hellhörigkeit, erhielt von ihm nichts weiter als diesen kühlen Luftzug einer zugeschlagenen Tür.
Dabei hatten sie eine so freie, einander erschließende Unterhaltung geführt. Kaum vorstellbar, daß er mit keinem einzigen Gedanken mehr ihr nachhing. Wie betörend hatte es geklungen, wie weitreichend, als er sagte: »Es kommt ganz darauf an, was Sie sich von mir versprechen.«
Worauf sie keine Antwort gegeben hatte, sondern die unter dem Kinn gefalteten Hände ein wenig nach innen bog und ihn um ein Fragezeichen tiefer anblickte. Die einzige Antwort wäre sie selbst gewesen, der ganze Mensch die ganze Nacht lang. Aber so weit waren sie an diesem Abend noch nicht gewesen.
Inzwischen aber, wenn sie bei sich seinen dunklen, warmen Ton wieder hörte, ergriff sie ein leichter Schauder, denn sie spürte jetzt den Beginn einer Geschichte viel

stärker als am Abend zuvor … Unbegreiflich, wie sich ein solch wahrhaftiger Ton in Luft auflösen konnte! Sie probierte ihn nachzusprechen, den verfänglichen Satz, probierte es in verschiedenen Stimmlagen, versuchte zuletzt sogar die Beiläufigkeit und kurzlebige Bedeutung anklingen zu lassen, die er nun nachträglich gewonnen hatte. Aber eine solche Verminderung seines Gewichts ließ der Satz nicht zu. Er ließ sich, ohne auf Nachklang zu setzen, eigentlich überhaupt nicht aussprechen. Wie ein zerknülltes Cellophanpapier, das sich leise knisternd im Abfall wieder auffaltet, müßte er sich auch bei ihm, jetzt, in diesem Augenblick, unterhalb der geschäftlichen Gespräche wieder regen.

Auf der Straße war der zitternde Mann erst wie angewurzelt stehengeblieben, dann ohne »wie«. Der Schrecken durchschlug seine Fußsohlen, Blut tränkte den Boden, die Adern griffen in die Erde und verzweigten sich. Wie ein Pfahl stand er im Strom der Dahinziehenden und starrte die letzten Strahlen des Sehens aus seinen Augen. Er rührte sich nicht, der Mund stand leer, alles an ihm war lotrecht und reglos, als wäre er bloß der Abguß eines Menschen. Tag und Nacht flogen an ihm vorbei, Sprache, Bilder, Musik, Laub, Sonne, Recht, Mützen und Brosamen. Erbärmlich zitterte er, der Wind schüttelte ihn, des einen Fehltritts wegen, den alle hundert Jahre nur einmal ein Mensch tut und auf den kein weiterer Schritt mehr folgt. Nun ragte er aus dem Weg empor, als stünde er fest gewachsen in reinem Erdulden, Geschehen- und Gewährenlassen. Er wußte, daß er weder mit dem Mund noch mit den Füßen je wieder vorankäme. Beben, Klappern, Schwingen – mehr Bewegung als ein kahler knöcherner Strauch hatte dieser Mann nicht mehr.

Fünfzehn Jahre lang verkehrte C. im Hause seines Kollegen P. und fand sich dort einmal die Woche zu einem *jour fixe* ein, zusammen mit anderen Mediävisten und Philologen, fünfzehn Jahre lang. Doch eines Tages erhob sich die Frau des Gastgebers mit einem vorher nie gezeigten Hüftschwung vom Tisch, worüber es zwischen ihr und C. zu einem gleichzeitigen Lächeln kam, und auf der Stelle verliebten sie sich ineinander. Nach fünfzehn Jahren des beiläufigsten Umgangs waren sie von einem Tag auf den anderen Jungverliebte und vergaßen beinah alles, was sie voneinander gewohnt waren und was so lange die stabile Grundlage ihrer Gleichgültigkeit ausgemacht hatte. Wie es anders nicht kommen konnte, nahm C. P.s Frau zu sich, und der ganze Kreis fiel auseinander.

»Wer gehen will, den soll man nicht aufhalten.« Ein nicht ganz geheurer Satz, mit dem eine Frau ihren Mann verabschiedet, eine Mutter den ausziehenden halbwüchsigen Sohn, Studenten einen Professor, an dem sie hängen, der aber anderswo einen Ruf annahm. Ein Satz von schmerzlich falschem Zungenschlag. Weil er Souveränität vorschützt, die einen Akt des Verlassenwerdens scheinbar trotzig bewältigt, in Wirklichkeit jedoch nur bitter quittiert.

Weißkamp, ein Liebestrottel. Er gibt einen Handkuß auf die Pfote einer korpulenten jungen Mitarbeiterin, die sogleich ihre geküßte Hand gegen ihn erhebt, indem sie zwei schlaffe Säckchen Tee in die Luft hält und sie zweideutig baumeln läßt vor seinen Augen.

»Komm, Schenke, gib mir die verhüllte, die trunk'ne Jungfrau dort, / Die sich gewählt zum Aufenthalte der Schenke wüsten Ort!« … So lieb ist ihm sein Hafis, daß er auch mit schwerer Zunge unbeschädigt bleibt. Immer wieder versucht er, nachts in der Panama-Bar, sich über den Tresen zu beugen, o-beinig und mit wackligen Knien richtet er sich auf, steht auf dem Barhockerring mit verdrehten, mit eingeklemmten Füßen und versucht die Schank-Frau, die Schenkin, gerade wenn sie ihm eingießt, auf die gepiercten Lippen zu küssen, worauf sie mit steifem Oberkörper zurückweicht, Kopf und Hals verzieht, so daß die Sehnen stark wie Baßsaiten hervortreten, wenn sie, sich fernhaltend, ihn bedient, mit abgedrehtem Kinn, während er sich noch weiter, noch wackliger überlehnt und sie fast schielen muß, um im selben Moment sauber den Cognac einzuschenken.

Sie hätte nie einen Freien genommen. Ihr Begehren brauchte den Ehebruch. Nur der Bruch erregte sie. Lebte der Mann erst einmal getrennt, war die Ehe geschieden, so fand er seine Geliebte nicht wieder. Fand eine faule und launische Person, die sich nicht mehr für ihn interessierte. Bekam einen müden und faden Körper, der sich kaum mehr rührte. In dem Moment, als ihm rückhaltlose Hingabe möglich war, endlich ohne Angst und Gewissensbiß, da langweilte er sie.

Es war also nicht weiter überraschend, daß er eines Abends seine letzte Gesellschaft gab, um sich für länger von seinen Freunden zu verabschieden und sich anderswo von der erlittenen Infamie zu erholen. Seine Gäste, die ihn eben noch, den Getäuschten, zu trösten suchten, hatten auf einmal Anlaß, schallend über ihn zu lachen.
»Sag mal, mein Bester, hast du nicht eben dort hinten auf einem Hocker gesessen und laut auf dein leeres Sofa eingeredet?«
»Nicht auf das Sofa. Sondern auf sie ein«, antwortete der

Gastgeber. »Ich habe einer Abwesenden – ihr Name ist euch bekannt –, einer auf meinem Sofa abwesenden Person bittere Vorhaltungen gemacht. Die Leviten gelesen.«
»Alle Welt glaubte, du sprächst mit deinem Sofakissen.«
»Nun ja. Ich bin ziemlich barsch geworden. Jetzt, wo ich das hinter mir habe, braucht ihr euch nur mal umzudrehen. Jetzt, nachdem ich ihr kurzentschlossen den Rükken kehrte, jetzt dreht euch doch mal um.«
Da riefen die Gäste wie aus einem Mund und konnten es nicht fassen:
»Da sitzt sie!«
»Da sitzt real jemand.«
»Da sitzt sie. Ja. In voller Anwesenheitsunverschämtheit«, sagte der Gastgeber. »Komplett anwesend auf meinem grünen Sofa. Sitzt genau auf dem Fleck, an den ich meine bohrenden Vorwürfe gerichtet hatte, sitzt da und lächelt süßsäuerlich, wie es eben ihre Art ist. Und jeder von euch, wenn ihr nur näher hinseht, kann sich davon überzeugen, daß von dieser Person noch die letzten Reste meiner Schmährede abtropfen.
Jemand, der etwas zu sagen hat, redet auch mit seinem leergegessenen Teller so lange, bis er wieder voll ist.«

Ein Bergdorf im weißen Kaukasus, nahezu abgeschlossen von der Außenwelt. Wie kommt man dahin? Rufe der Not bilden die Brücken über Klippen und Schluchten.
Das einfache Leben gibt es dort nicht, nur das unendlich schwere. Und das ehrfürchtig gebundene; dem Heiligen Georg wird ein Ochs geopfert.
Sergej, dem Mechaniker, zuständig für landwirtschaftliche Maschinen, ist das größte Unglück widerfahren – bei der Heuernte kippte ihm ein Hänger um und erschlug seine Frau.
Ich werde nie vom Grab meiner Frau weggehen. Auch wenn alle anderen das Dorf verlassen. Die Trauer, der Kalender des Fehlens. Tage gleiten, Tage stocken.
Pjotr, der letzte beim ihm gebliebene Sohn, sagt: Wir leben im 21. Jahrhundert. Wir müssen hier weg.
Es ist nicht so einfach wegzugehen, wendet der Vater ein. Langsam, vielleicht. Nach und nach vielleicht. Es geht nicht so schnell.
Das Dorf hat aus dem Mittelalter acht hohe Türme, darin konnte man sich vor Überfällen, auch innerdörflichen Fehden in Sicherheit bringen. Sergejs Turm ist vor kurzem eingestürzt. Er sah es kommen, verließ das Dorf und ging in den Berg hinauf, dort hörte er den Krach.
Wenn der Mechaniker die Planierraupe reparieren würde, wären alle besser dran, man könnte den Weg ins Tal breiter bahnen. Jetzt reiten sie. Früher hatten sie Autos. Jetzt kann keiner mehr das Benzin bezahlen. Das Dorf

hat nichts, nicht mal Diesel. Also, sagt der Mechaniker, werde er die Raupe nicht wieder in Gang bringen. Wo sollte er anfangen? Sämtliche Räder müßten ausgetauscht werden. Seine Trauer lähmt ihn, er ist nicht in der Lage, mit der Reparatur zu beginnen.
Er muß wieder heiraten, sagen die Dorfbewohner, das Leben geht weiter. Es ist ein Leben, das niemandem gefällt und für das doch alle Gottes Gnade erflehen. Sie heben das Glas (mit verdünntem reinen Alkohol) und trinken auf gesunde Nachkommenschaft und eine glückliche Zukunft.

Als man ihm die Totenmaske abnahm, trug sein Gesicht die Züge seiner Frau. Im Anhieb der Unendlichkeit war er geworden, was er im Leben am meisten geliebt hatte.

»Bilder! Gebt uns die tiefen Bilder wieder!« stöhnte der alte Romancier. Wie sie waren vor dem Großen Spuk. Ein Bild muß ein Herrscher sein. Nicht abwählbar. Schreie und Flüstern. *Nicht abwählbar.*
Schreie und Flüstern, *Bergmans tiefes Werk, dazu seine so naive wie alles entscheidende Bemerkung, man müsse neben allen zeitgebundenen Fragen nicht aufhören, die ewigen zu stellen.*
Welche Unschuld, welch ein Glamour von Unschuld besitzt die erotische »Problematik« in einem seiner frühen Filme,

nehmen Sie Sehnsucht der Frauen, *1952! Der Schnitt, die Beleuchtung, die Schauspielerei, lauter Zeichen, aus denen wir nach 70 Jahren noch eine urspüngliche Jugend des Kinos und Jugend der Sinne vernehmen, eine betörende Unbeholfenheit, ein wunderbares Noch-Nicht des überreifen Raffinements, der gewieften durchinstrumentierten Optik, die das Kino später aufbot, auch dort, wo es innere oder »psychologische« Stoffe verarbeitet. Bergman kannte die Menschen von Tschechow, Strindberg, Ibsen her, und die Wahrheit ist: Auch heute kennt man nicht mehr von ihnen, zumal dort, wo Mann und Frau sich voreinander in Szene setzen. Einmal abgesehen vom Jargon … Man wünscht allerdings, es wären einige fruchtbare Unausgesprochenheiten erhalten geblieben, der Kunst dienliche Aussparungen …*

Es mögen an die elf Personen sein, Männer und Frauen, die sich nach dem Kino in einem Mansardenzimmer versammelt haben, überwältigt von einem neuen Film, den sie soeben gemeinsam besuchten. Man sieht eine Frau mit einem Kissen, in das sie immer wieder die gleiche Kerbe schlägt. Man sieht einen Mann, der einen leergegessenen Teller immer wieder abkratzt. Einen anderen, der in der rechten Hand ein Buch hält, in dem sein Zeigefinger steckt und das er immer wieder mit dem Rücken in die linke Handfläche stößt. Einige, durchdrungen von einem offenbar außergewöhnlichen Erlebnis, streifen mit engen Schritten auf immer denselben Bahnen durchs Zimmer. Und alle suchen nach einem treffenden Wort, um ihrer hohen Meinung über den Film Ausdruck zu verleihen.

– Es ist so: Man darf sagen ... Hier und heute! Beginnt ein neues Kapitel, für *uns* ein neues Kapitel der Filmgeschichte.

– Dieser Film ist unser Film. Segnatti ist einer von uns. Diesen Film hätten wir machen müssen! Hätten wir doch nur die Idee, hätten wir doch Kraft genug gehabt, diesen Film zu machen. Die Melancholie und die Technik, die Innovation und die Einsamkeit, dieser Sinn für Avantgarde *und* Volkstümlichkeit, der wie ein Blitzschlag auf uns niederging!

– Ein Ort erhebt sich aus den Fluten der Ortlosigkeit ...

– Noch nie fühlte ich mich durch ein Kunstwerk in eine solche Aufbruchsstimmung versetzt!

– Nieder mit dem Grobianismus! Nieder mit allem Splatter-Dreck! Nieder mit Pornographie und Koprolalie! Nieder mit allen Schlagwörtern!

– Auf einmal hörst du sie wieder, die Sirenen der Moderne, die sich wie Chöre der Unschuld über den trägen, den fetten, den nervösen Wassern des Endzeitgelabers erheben und uns aufs neue betören. Dies furchtbare Heimweh nach Avantgarde. Die Sehnsucht nach Bruch und Aufbruch! Doch Bruch, was heißt das für uns? Es heißt nichts anderes als: der Riß durch alle Netze! Big Crunch! Zusammenbruch der falschen Welt!

– Am Himmel ist ein Komet zersprungen, Gasfeuerwolken, so groß wie die Erde, stieben aus dem Gürtel des Jupiter. Die Astronomen erbleichen vor Ehrfurcht: »Dafür ist man Wissenschaftler geworden, um dies einmal erleben zu dürfen!« Und ich sage euch: Dafür bin ich Zeitgenosse geworden, um diesen Film noch erleben zu dürfen!

– Der Gordische Knoten, ich bitte euch, wird bekanntlich nicht aufgedröselt, er wird in der Mitte entzweigeschlagen. Die Netze: das feine Fangwerk, das der hinkende Schmied Hephaistos über seine betrügerisch mit Ares sich paarende Gattin Aphrodite, über Krieg und Wollust warf. Genau davon handelt der Film!

– Aus Netzen werden Gefangenschaften, undurchdringliche erstickende Beziehungen, die nur durch ein einfaches, glänzendes Schwert durchtrennt werden können.

– Hunderte! Hunderte! Unzählige Filme haben wir gesehen seit damals – seit *Barry Lyndon*, seit unserer Kindheit … und jetzt noch einmal dieser Film, der alles sagt, alles enthält, wovon wir auf der Grundlage der unzähligen Filme, die wir in unserem Leben sahen, immer geträumt, immer geredet haben, alles, was wir zu sehen uns innigst gewünscht haben, in diesem einen Film, Bilder, Träume …

– Gesichter!

– Auf die wir ein Leben lang hin gelebt haben.

– Seit *Barry Lyndon*.

– Es gibt den Moment, da ich sage: Es genügt. Es ist genug. Von hier und jetzt an wird die Filmgeschichte wieder einen neuen Glauben an die Macht des Films besitzen.

– Ihr täuscht euch. Ihr klammert euch an diesen Film. Es gibt nichts Besonderes zu sehen in diesem Film. Es ist doch so: Etwas Besonderes existiert sowieso nicht. Genau das zeigt der Film.

– Ein Italiener, ein Italiener! Ausgerechnet ein italienischer Regisseur – ein ebenso gelassener wie ausgelassener, ein sinnlicher Mensch.

– Ich bedaure, daß ich nun, gleichsam abrupt, in die Lage versetzt wurde, die Grundstimmung meines Denkens aufzugeben. Ich bedaure es, es war auf dem besten Weg, die Erbschaft des Nihilismus durch eigene Lebenserfahrung zu kräftigen und fortzuführen!

– Nur der große Künstler, nur ein Segnatti konnte uns aus dieser Enge eines stupiden Katastrophismus den neuen Weg weisen – ohne der Gefahr zu erliegen, einen kitschigen Hymnus auf die Zukunft zu verfassen ...

– Es ist etwas vorbei. Das sehe, höre, rieche ich jede Minute. Irgendein Argument ist verbraucht. Der Blick ist von gestern. So spricht man nicht mehr. So spricht niemand mehr, der etwas zu sagen hat.

– Und dann, wie ein Meteor, schlägt dieser neue Ton ein.

– Diese Kraft!

– Alles wieder offen. Groß. Weitläufig. Ich habe das Gefühl, jahrelang in einer Besenkammer gelebt zu haben. Und jetzt kann ich wieder frei atmen, hinaustreten, tanzen und trinken.

– Was den Film von allen anderen heutigen Filmen unterscheidet, ist die … die …
(Er sucht nach dem treffenden Wort, vermeidet es dann aber, verschweigt es mit Absicht.)
– Worauf alles am Ende hinausläuft, eine Art … eine Art – (Ebenso.)
– Es ist der – nein, so ist es nicht zu fassen.
– Vielleicht ist es nicht viel mehr als bloß die –

– U n - d u r c h - s i c h - t i g - k e i t –,

formulierte der gedrungene glatzköpfige Mann, hob fünf funkelnde Silben mit seiner rechten, kelchförmig geöffneten Hand in die Höhe und drehte sie hin und her, wie man eine Glühbirne ins Gewinde schraubt. Er hockte auf einem durchgesessenen Sofa und beugte sich zu seinen Knien so weit vor, wie es sein runder Leib ihm erlaubte. Er hatte die ganze Zeit geschwiegen. Doch plötzlich war er vom Definitionsdrang ergriffen worden, erfüllt von einem Wort, das ihm das treffendste zu sein schien und das, wie er glaubte, auch alle anderen gesucht hatten, ohne es zu finden. Er hatte zuvor, um die Drehungen des Handgelenks rein und plastisch auszuführen, seine Zigarette auf den flachen Aschenbecher gelegt, den seine Linke auf der Sofalehne festhielt, denn er hatte viel und bedeutungsvoll geraucht während seines langen Schweigens. Es hatte ihn einigen Mut gekostet, das Wort hervorzubringen inmitten einer Gesellschaft von Kennern und Enthusiasten. Und nur weil diese Pause entstanden war, dies seltsame, durch alle Anwesenden strömende, elfköpfige Innehalten, etwas wie das Spitzengekräusel auf dem Kamm der Welle, bevor sie überrollt und sich in einem donnernden Definieren entlädt – nur in diesem Augenblick hatte er es gewagt, mit dem Dreizack seines Begriffs aus der Flut aufzutauchen und, so sein Eindruck, den Überschlag der Woge anzuhalten. Jetzt hörten alle, so sein Eindruck, gesammelt auf ihn, lauschten in die Tiefe des Wortes »Undurchsichtigkeit«. Er hätte unter der Stille fortfahren können, doch war er selbst wie betäubt von der Macht des einen isolierten Wortes, das er herausgebracht hatte, so sein Eindruck: eine Darbringung, tönendes Bruchstück einer erhabenen Sprache, fast dem Unsäglichen entrissen. Er hätte notfalls noch hinzugefügt: Undurchsichtigkeit *in allem*. Aber das nur, wenn man ihn unterbrochen oder übertönt hätte. Doch alles schwieg.

Über ein wahres Kunstwerk zu sprechen, fällt niemandem leicht. Wenn aber seine Wirkung derart besitzergreifend gerät, daß elf Menschen sich gezwungen sehen, ein schäbiges Zimmer nicht zu verlassen, bevor sie mit Worten, mit kostbaren Definitionen ihm wenigstens annähernd ent-*sprechen*, dann ist bald die Stufe einer erbitterten Begeisterung erreicht, die kein Geplauder, kein Genießen und Schwärmen mehr gestattet. So war es, bevor das Wort fiel. Ein Teil der Inspirierten ging auf dem zerschlissenen Chinateppich hin und her, manchmal warf sich einer auf seinen Sessel oder Stuhl zurück, als habe er endgültig verstanden und zu verstehen aufgegeben in ein und demselben Augenblick. Oder es stemmte sich jemand mit ausgestreckten Armen gegen die alte Kommode, als wollte er einen Felsbrocken von seinem Verstand schieben. Wieder andere standen, die Hände tief in den Hosentaschen, an beiden Fenstern der Mansarde, die auf die Straße gingen. Sie bedurften des Anblicks von Fahrzeugen und Passanten, von Beweglichem, um ihrer Gedanken noch Herr zu bleiben. Am auffälligsten benahm sich eine junge Frau in Pumps und roten Strümpfen. Um irgend etwas vorbringen zu können, eine Meinung oder einen Einspruch, schritt sie, weiterhin im Banne des Undefinierbaren, quer durch das enge Zimmer und ergriff den Hörer eines Telefons, als müßte sie einen dringenden Anruf tätigen. Augenblicklich gerieten die übrigen in erhöhte Erregung, und die dabei erreichten Definitionen wurden lauter und verfolgten die Langbeinige wie anschwellender Protest. Jedesmal ließ sie von ihrer Absicht und legte den Hörer wieder auf, ohne gewählt zu haben. Kehrte zu ihrem Stuhl zurück und sagte dann in der Regel etwas sehr Vernünftiges, auf eine entspannte Weise, so daß auch alle anderen für eine kurze Weile gelöst durcheinanderredeten.

Nachdem nun der schüchterne Glatzkopf sein einziges und vereinzeltes Wort hervor- oder dargebracht hatte, dauerte es eine unbestimmte Zeit, und die Langbeinige erhob sich, schritt zum Telefon – doch niemand sagte etwas, niemand wehrte jetzt noch ihrer Absicht. Sie wählte also tatsächlich ihre Nummer und besprach Banales zuhause mit ihrer Schwester. Ob die beiden Nachthemden zu reduziertem Preis gekauft worden seien, wie verabredet? Ja. Es war erledigt. Die Langbeinige fügte hinzu, daß sie vermutlich in weniger als einer halben Stunde zum Abendessen eintreffen werde. Dann legte sie auf. Ihren Rückweg begleiteten die laschen Blicke der Männer und Frauen. Müde und enttäuscht begannen sie sich zu regen, erhoben sich, suchten nach Handtaschen, Feuerzeugen und anderen Utensilien, die sie in ihrer angespannten Zerstreutheit irgendwo in dem überladenen Raum abgelegt hatten. Sie waren im Begriff, sich voneinander zu verabschieden, gaben sich Schulterklaps und Wangenkuß und bewegten sich im ganzen so lustlos, als verließen sie ein ödes Fest.

In seiner Sofaecke saß noch immer der Kahlköpfige und umklammerte den Aschenbecher. Äußerlich behielt er die Miene eines Menschen, der eine unlösbar erscheinende Aufgabe beiläufig erledigt hatte, aber in Wahrheit verstand er nicht, wie beides sich zueinander verhielt, sein Wort und die wortlose Auflösung der Versammlung. Es ließ sich nicht leugnen, daß sein Wort einen für alle empfänglichen Signalwert gehabt haben mußte, jedoch …

Als die meisten den Raum schon verlassen hatten, zerdrückte er seine Zigarette, erhob sich mühsam vom Sofa und trat, das Jackett schließend, vor den Gastgeber, der sich im Flur aufgestellt hatte, um seine Gäste zu verabschieden.
»Was ist los?« flüsterte der Kahle mit einem Anflug von ängstlicher Selbstironie. »Habe ich etwas falsch gemacht?«
Der Gastgeber, ein junger, mittelloser Filmhistoriker, blickte ihn nicht an, sondern senkte traurig die Augen. Im Grunde wollte er nicht glauben, daß dieser Mann, der kreidebleich und halb amüsiert vor ihm stand, so viel Naivität besitzen oder so dickfellig sein konnte, daß er selber es nicht gemerkt hatte.

»Sie haben nicht zugehört, mein Guter.« Mit diesen Worten nahm er ihn schließlich beiseite. »Sie haben den ganzen Abend den Menschen, die Sie umgaben, nicht eine Minute lang zugehört. Unter dem Drang, im rechten Moment zu Wort zu kommen, waren Ihnen von Anfang an die Ohren verstopft. Ihre ›Undurchsichtigkeit‹ haben Sie im Augenblick der höchsten Anspannung, ja auf dem wahren Höhepunkt des Abends von sich gegeben, in die Stille hineingebohrt, die Stille vor dem endgültig befreiten, endgültig vereinten und gemeinsamen Sprechen und Sagen, das danach natürlich unterblieb. Das elfköpfig Gemeinsame wurde von Ihrem Wort verschreckt und in die schmerzlichste Ernüchterung verstoßen, so wie beim Liebesspiel ein Hustenanfall oder ein Telefonläuten genügen, um die natürliche Enthemmung zu beeinträchtigen oder ganz zu unterbinden.«

»Aber wieso … falsch gewählt?« fragte nun zerknirscht, fragte demütig der Fremde.

»Über den ganzen Abend hin wurde kein Wort sorgfältiger vermieden, ausschweifender umgangen, ungesagter gelassen, unterdrückter gehalten – und zwar vermieden, nur um immer feinere, immer genauere Definitionen überhaupt zu ermöglichen –, kurz: über den ganzen Abend trat kein Wort in seiner *Unausgesprochenheit* so plastisch hervor, ja wurde für den aufmerksamen Zuhörer so vernehmlich verschwiegen wie eben jenes, das Sie wie ein kostbares Kristallglas in die Stille hoben, um es gleichsam im selben Augenblick auf den Boden zu schmettern … Sehen Sie: Jede Person in unserer Runde fällt, ermattet, kraftlos, entzaubert auf sich und ihre banale Einzelansicht zurück, sobald es der Gemeinschaft nicht gelingt, das Versagen der Aufmerksamkeit bei einem einzigen ihrer Glieder zu verhindern. Aber gut, es ist nun einmal geschehen. Am selben Abend läßt es sich nicht ein zweites Mal herstellen, das vertrackte, das so überaus fein und dynamisch ineinandergreifende *Gemeinsame*. Das Werk, um das es ging, ist noch viel zu neu, unbewältigbar scheint es. Wir kommen schon in Kürze wieder zusammen. Wir kommen in Kürze wieder auf den Film zurück.«

»Ich nicht!« rief, von Schuldgefühlen gerüttelt, der

gedrungene Mann. »Ich kann Ihnen, wenn ich auch nichts anderes kann, doch in die Hand versprechen, daß ich mich nie wieder bei Ihnen einfinden werde und der Anziehung, die groß ist, gewaltig, in die Gemeinschaft, die Sie umgibt, einzutreten, mit äußersten Kräften widerstehen werde. Und auch in der Ferne, in sicherer Entfernung von Ihrer Runde, werde ich nie wieder ein einziges definierendes Wort auf ein Kunstwerk verwenden. Ich war mir in diesem einzigen Fall zu sicher, ich war mir auf den Tod sicher, daß ich nicht nur auf der Höhe, nein, daß ich schlichtweg auf dem Gipfel der verhandelten Angelegenheit mich ausdrückte und ausdrücken mußte und daß ich mich in der inspirierten Mitte jener Gemeinschaft, die das Werk verherrlichte, befand, als ich es aussprach … als ich *alles in ein* Wort legte. Zu hoch gestimmt, zu tief gefehlt. Ärgern Sie sich meinethalben über das Scheitern des Abends. Doch versuchen Sie nicht, die Last der Enttäuschung nachzuempfinden, die ein Mann davonträgt, der in den nächsten Minuten für immer Ihr Zimmer verlassen wird, in dem er für einige Stunden der stillste und bedächtigste, jedoch im entscheidenden Moment leider ein gröblich irrender Gast gewesen ist.«

Und so redete er dahin und machte viele Worte, denn ihm, der in der Gemeinschaft nur ein einziges, in gesegneter Verkennung: das treffende Wort hervorgebracht hatte, löste nun die Selbstanklage die Zunge.

Zuweilen ist es die Stimmung selbst, die erzählt. Kein eigenmächtiger Erzähler ist zu ermitteln. Kein »Ich der Geschichte« erscheint. Wie in Eichendorffs Marmorbild *herrscht vielleicht einzig die Schlummersphäre, in der Personen auftauchen und wieder versinken. Sie bleiben verschwommen und handeln somnambul. Nichts wird deutlich, alles verliert seine Kontur.*
Der Kuß der Fee erweckt den Jüngling und ist der letzte, der entführt in die Kälte.

Schon einmal saß sie beim Großen Garaus am Tisch. Gesenkten Hauptes hockte er da. Nur das fest anliegende, das gewellte, das schwarzweiße dichte Haar sah sie von ihm, den Scheitel, der sich nicht hob. Das Haupthaar in flacher Düne. Man mußte es liebevoll streicheln, sanft mit beiden Händen berühren, dann tat sich das Haar auf, tat sich der Scheitel auf, und man schlüpfte hinein, in den Kopf vom Garaus, des Erbarmungslosen, denn es war der Tod, der niemals sein Antlitz aufrichtete …

Ein Kabuff, ein Verschlag, eine Nichtigkeitsbox, ein Wartehäuschen. Mit verschmutzten Scheiben rechts und links. Beleuchtet von einem Neonlicht an der Decke. Die Rückwand rohe frische Bretter, unbehandelt, mit Zoten besprayt. Sie, blondes Haar mit abgebundenen Schwänzchen am Hinterkopf, blickt hoch, blickt immer wieder an die Decke, ins kalte falsche Licht, als käme etwas, wenn überhaupt noch etwas käme, von dort, von oben, nicht von geradeaus, nicht ebenen Wegs, von rechts nach links. Kleine Stupsnase im breiten Gesicht. Kein Haus, keine Warte. Kaltlichtkammer. Irgendwann blitzt es grell in ihr Gesicht, als sie aufwärtsblickt, und alles Licht ist aus.

Der Toten wird hier mitleidlos gedacht als einer Rasse der anderen Art, die sich getrennt hat von der unseren. Dafür müssen sie büßen, die gegangen sind und wurden, wie wir nicht sind. Müssen es ertragen, daß wir keinen von ihnen je wieder empfangen. Wer davongeht, den trifft Schuld, auch wenn es nicht seine Entscheidung war. Hier gibt es keinen Totenkult, sondern eine unverhüllte Totendiskriminierung. Man verabscheut die Rasse der Nachzehrer, die man für alle Übel im Leben verantwortlich macht und verunglimpft. So wie man das auch mit seiner Liebsten tut, sobald sie einen verläßt und die Leiden in Haß umschlagen und sie mit der Vertreibung aus dem Gedächtnis bestraft wird.

Er war wie ein Mensch, der an einem strahlenden Wintertag unter die pralle Sonne tritt und sagt: Wie schade, daß heute nicht Sommer ist! Welch ein schöner Sommertag wäre das heute! Aber leider, leider haben wir Winter.
Einer von den Alten, die sich endlich gefunden haben. Männer und Frauen, sie rücken zusammen, üben sich in der Pflege, die einer dem anderen leistet. Alle sind sie ohne Familie, Stella, Gwendoline, Markus, Severin, keine Kinder, keine Cousins, keine Geschwister. Maria, Adrian, Cordula. Lebensmüde, die der Tod perfide hinhält, so daß sie ewig fortfahren, einander zu pflegen, wer weiß, wie lange noch, mit wackelnden Händen, die des anderen Haar oder Kragen ordnen, aber wie stark und fest diese selben Hände seinerzeit – beim Greifen und Walken des ungeformten Liebsten!

Am Morgen mit heller trunkener Neugier im Mietwagen unterwegs, Profil bei Profil die Geradeaussehenden in schneller Fahrt auf fremder Piste, Küstenstraße, sehen, sehen, das lange Band der Asphaltstrecke und alles, was dranhängt, Dörfer und Höfe, dann seitwärts den Hügel hinauf, um auszusteigen schließlich vor einem stillen, verschlossenen Gutshaus. Wenn die großen Romanciers heute noch Lichter anzünden über einer verschwundenen Welt, immer neue Vergangenheiten schildern, dann möchten sie und er, Liebespaar, etwas Ähnliches anbieten den Romanciers, den immer wiederkehrenden *behütenden* Romanciers. Es möchte um ihren Beistand ersuchen und bitten, daß sie ihre beste Kunst aufwenden, zum Schutze der Zärtlichkeiten, zum Schutze der Geheimnisse zwischen zwei Menschen. »Man soll einmal unserer Liebesart, verlockend geschildert, wie einem verwunschenen Schloß in einem alten Park begegnen. Man soll uns einmal in unserem bitteren und stolzen Zuzweit begehrenswert, wenn nicht gar nachahmenswert finden. Eines Tages nämlich, wenn man der Infamien und brutalen Entblößungen überdrüssig sein wird; wenn die alt-mächtige Liebe auf einmal den Zauber eines untergegangenen Reichs besitzt, dann soll man uns finden in einem gutgeschriebenen Buch, in Lust umschlungen und in der ergiebigsten Stellung: schwarz auf weiß.«

Jemand spielt mit einer Unbekannten, wirft ihr Brocken unfertiger Geschichten hin, sie schnuppert dran, schnappt hier und da etwas auf, verschlingt's und erzählt dann »die ganze Geschichte«. Wie selbst erlebt oder zumindest selbst erfunden. Sie konfabuliert, sagen die Gedächtnisforscher. Weder sie noch jemand sonst kann am Ende unterscheiden, ob es ihre Geschichte ist oder ob sie nur Zugeworfenes aufgeschnappt und verdaut hat.

»Alida«, in sich fließende Gestalt, die Unruhige auf der Bank, nervöse Sequenz von Bewegungen, weiche Gliederläufe, wiederkehrend, Figur machend, Figur lösend, durch sich selber wandelnd, indem sie ein rotes Tuch aus dem Ärmel zieht wie der Zauberer, Stirn und Nacken damit abwischt, mit beiden Händen die Haare glattstreicht, die Arme kurz und scheinbar endgültig unter den Brüsten verschränkt, um sie gleich wieder zu öffnen und offen auf die Schenkel sinken zu lassen, die Beine übereinanderschlägt, sich am Knie kratzt, wieder die Arme unter den Brüsten verschränkt, sich am Ellbogen kratzt, mit der inneren Handkante unter der Nase entlangwischt, die Schultern rollt, den linken Fuß auf den rechten Oberschenkel zieht, die Fußsohle kratzt, das zwischen Zeige- und Mittelfinger eingeklemmte Tuch in den Schuh stopft, sich an beide Ohrläppchen faßt, die Beine andersherum übereinanderschlägt, das Tuch wieder aus dem Schuh zieht, es um die rechte Faust wickelt, die Faust in die Hüfte stemmt, den linken Arm über den Bauch legt und mit der linken Hand das rechte Handgelenk umfaßt, das Klettband mit ihrem Wunschnamen »Alida« von der linken Schulter löst und über den Nabel setzt, die Beine gerade von sich streckt, die Schuhe von den Füßen streift, die umwickelte Faust zum Mund führt, hineinbeißt, die Beine anzieht, so daß die Fersen auf der Bankkante stehen, das Klettband wieder versetzt, die Arme um die Knie schlingt, den Kopf auf die Knie senkt, ihn, kaum daß er liegt, wieder hebt, sich aufrichtet, die Füße auf den Boden setzt, für einen Moment kerzengerade auf der Bankkante sitzt, die nackten Zehenspitzen anzieht, um dann wieder abzufließen, sich seitlich auf die Lehne legt, streckt, räkelt, den Kopf in die Armbeuge kuschelt, die Hüfte anhebt, den Kopf aus dem Hingelehntsein aufrichtet und nach rechts dreht, als hätte sie von dort jemanden kommen gehört, sich ganz aufrichtet, *endlich er*, und umdreht, auf dem Hintern ein Stück in die Gegenrichtung des Blicks, also zurückruckelt, das rote Tuch flach aufs Haar legt, Luft nach oben bläst, so daß der Saum zu flattern beginnt, sich langsam zurücklassend mit dem ganzen Körper, den rechten Arm an der Lehne, so daß sie für einen Moment in die Richtung des Erwarteten gestreckt auf der Bank liegt, dann sich wieder aufrichtet, sich in die Höhe schiebt, das Tuch vom Kopf grapscht, sich vorbeugt, die verschränkten Arme zwischen Bauch und Oberschenkel preßt, nach vorne wippt, das Tuch in der Hand knüllt, die Hand plötzlich öffnet, so daß es zu Boden fällt, und jetzt heißt es: sich aufrecken, die Arme erheben, sich strecken, die Hände im Nacken verschränken, worauf sie sich aufreckt, die Arme erhebt, sich streckt, die Hände im Nakken verschränkt, seltsam steif und schräg sich hochbiegt und sehr von oben herab über den Ellbogen der immer noch verschränkten Arme auf das Tuch niederblickt, bis, plötzlich neben ihr, den sie so lange kommen sah – bis *endlich er* sich bückt, es aufhebt und ihr zurückgibt, wofür sie sich lächelnd bedankt, was *endlich er* mit dem Zeigefinger an die Stirn tippend quittiert und dann weitergeht, seinen Weg zieht, während sie das Tuch etwas ungehalten in den Ärmel zurücksteckt. Das Klettband wieder versetzt.

Manches von der in Troja aufgerafften Beute schleppte Polymele, die von Odysseus verlassene Tochter des Aiolos, dessen eingeschlossene Winde dem Heimkehrer die Weiterfahrt ermöglichten, unter vielen Tränen hinter sich her.
Ruhlos umherziehend schleppt, in breite Plane geschlungen, die Verlassene den männlichen Krimskrams, Besitz des Untreuen, unter Tränen hinter sich her.
Das Ausgeräumte seiner Schränke und Schubladen, das Zurückgebliebene an Gütern, Waren, Andenken, Kleidern und Plunder, eine lange Schleppe mit seinen Sachen, die ihr eine Last sind und nicht *entsorgt* werden können.
Man vertraut einem geliebten Menschen, noch seine Lügen können heilen. Zumindest gesünder machen durch nützliche Tilgung von Mißtrauen, diesem Krebs des Gemüts.
Sie könnte ihn nicht einmal der Lüge überführen, da sie überall auf seine Gründe stößt und seine Gründe so verständlich findet. Wie könnte sie sagen: Dieser Mann spricht falsch? Wo er sich doch offen dartut und ver-

sucht, ohne Vorbehalt das zu sein, was er ist mit allem Drum und Dran, ein »System« der ganze Mensch! Einschließlich der Lüge, die kaum mehr ist als eine Schmalzlocke auf der Stirn der Wahrheit.

»Du glaubst mir kein Wort? Woran mag das liegen? Was fehlt dir? Fehlt dir etwas in deinem Wortschatz? Soll ich dir's noch einmal sagen mit ganz anderen Worten? … Wie könnt ich's dir begreiflich machen? Welchen Ton schlage ich an? Wie bau ich meine Sätze auf? Wie gelange ich zum Kern meiner Aussage? Du siehst, ich gehe mit mir zu Rate. Ich will mein Bestes tun, damit ich überzeugend spreche. Damit du mir ganz unvermindert glauben kannst. Auf die Stellung jedes Wortes kommt es an. Das Wichtigste darf nicht zu früh und nicht so überaus wichtig ausgesprochen werden. Jedoch der Kern meiner Aussage braucht ein wenig Platz. Ein wenig lose Hülle muß ihn umgeben. Ich brauche einen Vorlauf, denk daran und unterbrich mich nicht, sonst sitzt der ungeheure Satz nicht, sitzt nicht an der richtigen Stelle. Und: Er darf mir nicht noch einmal in ein Abseits rutschen. Er darf sich nicht noch einmal in einem Nebenbei verlieren. Wo ich doch anfangs glaubte, dort täte er die beste Wirkung. Aber das kann sie ja nicht gewesen sein, die Wirkung, daß du mir frank und frei erklärst: Ich glaube dir kein Wort. Die denkbar beste Wirkung kann doch wohl nur sein, du sagst nach allem, was ich sagte: Ich glaube dir. Kein Deut Zweifel bleibt.«

Die Eröffnung des Hauses für die Nebenfrau geschieht nach festen Regeln. Zuerst wohnt sie im Gästehaus separat, dann wird sie von der Gattin offiziell hinübergeführt ins Haupthaus. Sie ist eine ehemalige Kurtisane, gebildet, musikalisch, handwerklich geschickt, kann beim Trinken mithalten und sich im Gespräch geistreich behaupten. Sie ist durchaus die Bessere, stellt die Hauptfrau beinah in jeder Beziehung in den Schatten, wird aber niemals an deren Stelle vorrücken. Zur Unterhaltung in Gesellschaft erzählt sie manch phantastische Geschichte.

Der Selbstmord der Dichterin, die Nachfolgetat der Königin. Vom selben Leukadischen Fels stürzten sich, so geht die Sage, Sappho und die Regentin von Halikarnassos Artemisia in den »bitteren Abgrund«. Die eine aus echtem, die andere, erfolgreiche Kriegsfürstin, aus nachempfundenem Liebesleid. Wenn es so gewesen wäre, dann hätte es – ungeachtet des Jahrhunderts, das sie trennt – ebenso gut sein können, daß Herrscherin und Dichterin in einem lebenslangen Wettlauf zum gleichen letzten Ziel, dem Absprung vom Fels, unterwegs waren.

Artemisia also, die laienhaft dichtende Dynastin, bedrängt die ihr überlegene Sappho mit Komplimenten und Privilegien. Doch diese schlägt die Ehren, die ihr angetragen werden, aus, weil sie die Herrschaft der Artemisia für tyrannisch und verachtenswürdig hält. Auch schmäht sie die Dichtung der Königin als läppisch und epigonal. Darauf verstößt die Herrscherin die Verehrte

im Zorn. Die Gedichte der Verbannten aber liest sie weiterhin mit Hingabe und süchtigem Nachempfinden. In nicht wenigen Versen findet sie ihre Verunglimpfung: Frau mit der zerlaufenen Seele, Seim der Genüßlichkeit, den du wie die Schnecke über deine Untertanen schmierst, Herrschaft der klebrigen Empfindsamkeit, die sich von den feinen Gefühlen anderer gierig ernährt. »Du, die allseitig einfühlsame Person. In der Sphäre der unvermochten Kunst. Amateurin des Leids. Du allgewaltige *principessa* bestimmst, was *man* liest und was *man* im Gedächtnis behält … Ein kleiner Diktator in Rom wird dereinst den Homer aus sämtlichen Bibliotheken entfernen, und du, seine armselige Vorläuferin, willst mich jetzt in den Abgrund der Vergessenheit stürzen?«
Das Urteil zum Felssturz fällt die Königin aus dem einzigen Grund, im Nachfolgetode mit der Dichterin vereint zu sein.
Zum Fels schleppt sich die Dichterin in qualvoller Vereinsamung, um ihren Ruhm gebracht. Die Königin folgt ihr nach, doch stürzt sie zuerst ihr Reich ins Chaos.

Die also dasitzt, Verliererin, regenüberströmt auf einer Bank in der Parkbucht, Beine übereinandergeschlagen, angriffslustig mit dem Fuß wippend. Sie raucht, versucht immer aufs neue eine Zigarette anzuzünden unter den prasselnden Tropfen. Unmittelbar vor

ihr im Schutz seines Wagens der Mann. Sie schreit ihn an mit seinem Namen. Er läßt das Seitenfenster neben dem Fahrersitz hochfahren.
»Es ist ein Unwetter«, ruft sie und schlägt gegen die Scheibe, »und ich bin der Blitz! Und du sitzt in deinem Faradayschen Käfig! Ja, ich bin das Unwetter, das über dich kommt! Da nützt dir deine Kabine nichts. Hörst du es donnern?«
Sie trommelt mit den Fäusten auf das Autodach.
»Die Blitze krachen – ich bin das! Ich erschlage dich auch in deinem Käfig!«
Erschöpft sinkt sie zurück auf die Bank. Schweigt, wippt mit dem Fuß.
Dann öffnet der Mann die rechte Tür, die zum Beifahrersitz. Schwer erhebt sich die Frau, stellt sich vor die offene Tür. Nimmt allen Schmuck, Ringe, Hals- und Armband, von ihrem Körper, Ohrringe, Uhr und Perlenkette – all das Geschmeide! –, und läßt es auf den Beifahrersitz gleiten. Schlägt die Tür zu und geht im Regen davon.

Sie ist wohl die Ordnende immer gewesen, von Natur, vielleicht gar aus Zwang. Die Ordnende auch an dem Tag, da sie in ihr von Verfolgern verwüstetes Haus zurückkehrte und was zerschlagen, zerstört herumlag, geduldig sammelte, sortierte und wieder richtete.

Davon erzählte sie ihm, doch war nicht auszumachen, ob sie von einer Tatsache berichtete oder im Gleichnis sprach.
Ithaka, sagte sie, ist der Ort der Wiederkehr und der Wiederherstellung. Auch bei den alten Juden gab es die Lehre von der Wiederherstellung von allem. Das Paradies, der Weltfriede, das Verheißungsland, das davidsche Königtum, die alte Stammesgliederung des Volks, die Heilige Stadt, der Tempel, der Kult. Nach dem Endgericht beginnt alles wieder von vorn. Was der Aufklärung die Utopie, ist dem Mythos die Wiederherstellung. Das ist meine feste Überzeugung. Ich habe lange darüber nachgedacht. Ich sage nichts, was ich nicht vorher genau ausgekundschaftet hätte ...
Er versuchte schon im Bus, sie stehenzulassen, indem er heimlich zum Ausstieg drängte. Gerade öffnete sich hydraulisch die Tür, da stand sie wieder hinter ihm und fragte: Willst du schon aussteigen? Warte, ich komm mit!
Die schöne Eschatologin ließ nicht von ihren Parolen, als sie schon beieinander lagen und sich zu küssen begannen. Immer behielt sie das Lächeln der Eingeweihten. Doch der Eifer war nun einem leisen, geradezu intimen Missionieren gewichen, dem Flirt näher als dem Bekennen.
Du mein äußerst Letzter ... Es ist dem Menschen unmöglich, ohne aufs Ende zu fühlen, überhaupt etwas zu fühlen. Es ist ihm unmöglich, ohn-endlich zu fühlen, zu denken, zu leben, zu lieben ... Wir werden rückgängig machen ... wir werden wiederherstellen ... wir werden heilen ...

Die an der Ecke eines Häuserblocks auf einmal unschlüssig sind, ob jeder, wie vorgesehen, seinen eigenen Weg nimmt oder ob sie, ihre Unterhaltung fortsetzend, gemeinsam die gleiche Richtung einschlagen. Sie bieten mit ihrem Verhalt, ihrem Zögern, dem kurzen Durcheinander, So-oder-so?, ihrer Schritte, plötzlich den Ausblick auf das gebeugte Paar, das sie eines Tages am Ende ihrer Wege sein werden. Obgleich sie in diesem Moment noch auf der Kippe stehen, überhaupt eines zu werden oder doch vielleicht für immer auseinanderzugehen. Jedoch es ist, als ob das Spätpaarbild, das für eine Sekunde aus der Zukunft auf sie kam, Macht über sie gewinnt, ihre Unsicherheit beendet und ihr Beginnen unumgänglich macht.

»Viel zu viele große Frauen machen lange Gesichter«, murmelte der alte Romancier ohne Zusammenhang.

Der Traum der gestrigen Nacht legte mir nahe ein Episodenwerk mit dem Titel Ehebruchstücke. *Und stellte in Aussicht, daß sich so etwas gut verkaufen würde. Ach, hätte er mich nur gleich wissen lassen, daß er der Traum meines Verlegers ist und nicht der meine. Erfolg brauche ich nicht mehr. »Das letzte Du« soll meine nächste Episode heißen. Und handeln von einem alten Mann, der kurz vor Toresschluß ein Du vergibt an eine unerwartete Bekanntschaft, damit sie nicht flüchtig bleibe. Ein Du, um jemanden aufzuhalten, ge-*

wissermaßen ein Vorschuß an Vertraulichkeit, die allmählich entstehen zu lassen ihm die Zeit nicht bleibt.

Der Fortgehende, der in seinem Rücken spürt die ihm nachschauende Schar, hebt, ohne sich umzuwenden, den linken Arm und winkt mit der Hand, grüßt die Zurückbleibenden. Der ruhmgesteuerte Arm, die geringe Halsdrehung, der Schlender-Schritt, sie sagen gemeinsam: Der gemachte Mann.
Des Fortgehenden Rückengespür, stolzer Rücken, um nicht zu sagen: eitler, eingebildeter Rücken. In Blicken sich wiegend, Blicke heischender Rücken. Doch hat sein Rücken falsch gefühlt: Niemand, gar niemand steht als ein Zurückgebliebener hinter ihm und keiner schaut ihm nach.

Männer und Frauen in Schwarzweiß, alle auf der lebenslangen Bank ohne Lehne, Wartende in einem Gerichtsflur, aufspringend, sich wieder setzend, sich umsetzend, das Nebeneinander wechselnd, manchmal sehr schnell, zu gierigen Rhythmen, atemloser Musik, extra leicht und schadenfroh, junge Männer und Frauen, das schnelle Leben selbst, eilige Verhältnisse, doch hin und wieder auch die große Liebe durchspielend, immer auf der lebenslangen Bank ohne Rückenlehne, vor dem Gerichtssaal, und wenn hastig durchgespielt, was dann? Wie in anderen Regimen auch, die auf der freien Wahl des Nebeneinanders beruhen, berechnen Frauen wie Männer nach der Unruhe, dem Ruckeln der sitzenden Hintern: Wer ist Schnell-Wechsler, wer ist Stetiger? Einschätzungen, von denen Glück und Verderben ihrer Wahl abhängen. Nach Jahren auf der langen Bank vielleicht ein letztes Mal das Nebeneinander tauschend, langsam jetzt nach Jahren und Jahrzehnten, aber auch über Zwischensitzende hinweg zärtlich entfernte Geliebte rufend, wenn Gier schon fast erloschen ist.

Wenn wir schon alle in Reihe sitzen, sollten wir wenigstens ein Buch vor der Nase haben und ein bißchen Geduld beim Lesen. Wer weiß, wie lang es noch dauert bis zu unserem Aufruf in den Gerichtssaal.

Botho Strauß
im Carl Hanser Verlag

zu oft umsonst gelächelt
2019, 224 Seiten

Oniritti Höhlenbilder
2016, 288 Seiten

Allein mit allen
Gedankenbuch
Herausgegeben von
Sebastian Kleinschmidt
2014, 352 Seiten

Herkunft
2014, 96 Seiten

Kongress
2013, 192 Seiten

Die Fabeln von der Begegnung
2013, 248 Seiten

Sie/Er
Erzählungen
Ausgewählt von Thomas Hürlimann
2012, 320 Seiten

Vom Aufenthalt
2009, 296 Seiten

Die Unbeholfenen
Bewußtseinsnovelle
2007, 128 Seiten

Theaterstücke I–IV
1991–2006

Mikado
2006, 176 Seiten

Schändung
2005, 96 Seiten

Die eine und die andere
2005, 80 Seiten

Der Untenstehende auf Zehenspitzen
2004, 176 Seiten

Die Nacht mit Alice, als Julia ums Haus schlich
2003, 168 Seiten

Der Narr und seine Frau
heute abend in Pancomedia
2001, 144 Seiten

Das Partikular
2000, 224 Seiten

Der Aufstand gegen die sekundäre Welt
Bemerkungen zu einer
Ästhetik der Anwesenheit
1999, 112 Seiten

Jeffers-Akt I und II
1998, 72 Seiten

Die Ähnlichen
Der Kuß des Vergessens
Moral Interludes. Vivarium rot
Zwei Theaterstücke
1998, 176 Seiten

Die Fehler des Kopisten
1997, 208 Seiten

Ithaka
Schauspiel nach den Heimkehr-
Gesängen der Odyssee
1996, 104 Seiten

Wohnen Dämmern Lügen
1994, 208 Seiten

Das Gleichgewicht
Stück in drei Akten
1993, 96 Seiten

Beginnlosigkeit
1992, 136 Seiten

Schlußchor
Drei Akte
1991, 104 Seiten

Angelas Kleider
Nachtstück in zwei Teilen
1991, 72 Seiten

Fragmente der Undeutlichkeit
1989, 72 Seiten

Besucher
Drei Stücke
1988, 224 Seiten

Niemand anderes
1987, 224 Seiten

Die Fremdenführerin
Schauspiel
1986, 76 Seiten

Diese Erinnerung an einen,
der nur einen Tag zu Gast war
Gedicht
1985, 80 Seiten

Der junge Mann
Roman
1984, 392 Seiten

Der Park
Schauspiel
1983, 128 Seiten

Paare Passanten
1981, 208 Seiten

Kalldewey, Farce
Theaterstück
1981, 124 Seiten

Rumor
Roman
1980, 236 Seiten

Die Hypochonder
Bekannte Gesichter, gemischte Gefühle
Zwei Theaterstücke
1979, 128 Seiten

Groß und Klein
Szenen
1978, 144 Seiten

Die Widmung
Eine Erzählung
1977, 148 Seiten

Trilogie des Wiedersehens
Theaterstück
1976, 128 Seiten

Marlenes Schwester
Zwei Erzählungen
1975, 112 Seiten